La chose qui ne pouvait pas exister

Moka

La chose qui ne pouvait pas exister

neuf
l'école des loisirs
11, rue de Sèvres, Paris 6e

Loi n° 49.956 du 16 juillet 1949 sur les publications
destinées à la jeunesse : septembre 1997
Dépôt légal : juin 2021
Imprimé en France par Gibert Clarey Imprimeurs
à Chambray-lès-Tours (37)

ISBN 978-2-211-23599-0

Pour Sylvie Queyron,
« un cœur vaillant » pour de vrai.

Vogue la galère

Jérémie faisait le clown tout en haut du grand mât. C'était juste avant qu'il ne regarde en bas par inadvertance. Ses mains se serrèrent sur le cordage. Comment allait-il redescendre de là ? Il ne pouvait pas appeler à l'aide, il aurait l'air de quoi ? Surtout devant les filles… en particulier, la petite blonde, Lucille. Il leva le nez vers les mouettes. Elles n'avaient pas de problèmes de vertige, elles.

Lucille était assise, sagement, à l'arrière. Depuis qu'elle était arrivée à l'île d'Yeu, elle cherchait un moyen de rentrer à la maison. Mais qu'est-ce qui lui avait pris de faire ce concours idiot ? Elle qui ne gagnait jamais rien, voilà qu'elle avait gagné un voyage de deux mois en pleine mer! Et sur un voilier, en plus. Dire qu'il y avait plus de mille cinq cents concurrents pour seulement huit places... Et c'était tombé sur elle. C'est vrai qu'elle était incollable sur les animaux, y compris les baleines. Ce qu'elle connaissait le mieux, c'était les dauphins. C'était la question subsidiaire, celle qui était la plus importante: «Quelle vitesse peut atteindre un dauphin?» Quarante-quatre kilomètres-heure. C'est pour ça qu'elle avait gagné. Elle aurait préféré une promenade en bateau-mouche. Le voilier, un ketch, était très beau. Vu du quai. Maintenant, elle était dessus et elle n'osait pas bouger. Tous les enfants visitaient, ils avaient l'air content. Et l'autre, là, qui était monté en haut du grand mât. Tout le monde allait voir qu'elle était nulle et trouillarde quand le stage allait commencer. On la renverrait chez elle. La honte, quoi.

– C'est comment ton nom?

Lucille tourna la tête. Un garçon aux yeux et aux cheveux très noirs la regardait.

– Lucille.

Quand elle disait son nom, Lucille s'arrangeait toujours pour qu'on entende le moins possible le « ille ». Comme ça, beaucoup de gens croyaient qu'elle s'appelait Lucie. Si d'aventure son père était dans le coin, il les reprenait : « non, Lucille, avec cille ». Son père était un fan de musique, de la musique de vieux, le *rythm and blues*. Surtout B. B. King. Lucille, c'était le nom de la guitare de B. B. King. On lui avait donné le nom d'une guitare ! Il y avait de quoi être vexée.

– Moi, c'est Nadia.

Le garçon était une fille.

– Pourquoi tu restes là ?

– Parce que.

– Tu devrais voir dedans ! C'est vachement marrant. Il y a des petits compartiments pour les lits. On peut fermer avec un rideau. Comme ça, on est chez soi.

– J'aimerais mieux être chez moi pour de vrai.

– Oh… C'est la première fois que tu pars sans tes parents ?

– Non. Je crois que le bateau et moi, on ne va pas s'entendre.

– Tu ne sais pas nager ?

– Bien sûr que si !

– Il faut juste que tu t'habitues, dit Nadia après réflexion. Tu ne trouves pas qu'il y a trop de garçons ?

– J'ai cru que t'en étais un, aussi.

Nadia haussa les épaules.

– Ouais... Ça m'arrive tout le temps.

– Qu'est-ce qui se passe si on ne réussit pas bien le stage de voile ?

– Tu t'inquiètes trop. Tu réussiras.

– Mais je ne veux pas ! gémit Lucille. Je ne veux pas partir pendant deux mois !

– T'aurais dû y penser avant ! Pourquoi t'as fait le concours dans ce cas ?

– Moi, je voulais gagner le troisième prix : l'encyclopédie sur les animaux.

– Pas de chance. T'as eu le premier prix ! dit Nadia en riant.

– Te moque pas de moi.

– Écoute, tu t'affoles pour rien. Tu verras bien pendant le stage. On ne sait jamais, peut-être que tu vas adorer ça !

– Ça m'étonnerait, répondit Lucille. On m'avait dit la même chose pour l'équitation.

– Et alors ?

– Alors, je suis montée sur un cheval et je suis tombée dix minutes après. Poignet cassé. Je ne lui en ai pas voulu. Au cheval. C'est moi qui suis nulle.

– C'est un accident. Ça arrive à tout le monde.

– Moi, c'est tout le temps. Suffit que je sorte de ma chambre. Je ne suis pas faite pour l'aventure.

– Et tes parents t'ont laissée venir ?

– Ben tiens ! Trop heureux ! Ça va me dégourdir, qu'ils ont dit ! Même mes parents pensent que je suis nulle !

Entre-temps, Jérémie avait réussi à redescendre. Au pied du mât, Paul, l'instructeur, l'attendait.

– Eh bien, gros malin, qui t'a autorisé à faire ça ?

– Personne, monsieur.

– À l'avenir, jeune homme, tu ne fais rien sans autorisation, c'est compris ?

– Heu oui, monsieur… Désolé.

Un peu penaud, Jérémie regagna l'arrière. Heureusement, la petite blonde n'avait rien remarqué. Jérémie fronça les sourcils. Un autre garçon parlait avec Lucille. Il n'allait pas se laisser piquer sa place sans réagir.

– Salut. Toi, c'est Lucille, hein ? Et toi, t'es qui ?

– Et toi, t'es qui ? répéta Nadia. En voilà des manières !

Il apparut clairement à Lucille que Nadia n'aimait pas les garçons.

– Moi, je suis Jérémie.

– Toi, t'es un crétin, ça se voit tout de suite.

– Et ma main dans la figure, ça te plairait ? répondit Jérémie.

– Eh ! Arrêtez ! dit Lucille. Nadia ! Tu n'es pas très gentille !

– Nadia ! s'écria Jérémie. C'est pas vrai ! Une fille !

Jérémie se mit à rire. Un rival de moins. Mais il avait compté quatre autres garçons. Et seulement trois filles. Et encore, si on pouvait compter Nadia dans le lot ! Quant à la troisième fille, c'était le genre à lunettes et appareil dentaire. Il n'y avait vraiment que Lucille qui valait le détour. Mais, pour le coup, elle le valait vraiment, vraiment…

Paul battait le rappel. Tout le monde sur le pont ! Ils s'observaient les uns les autres, un peu mal à l'aise.

– Bon, dit Paul. Faisons les présentations, maintenant. Moi, je suis Paul et c'est moi le patron, ici. La demoiselle, là, c'est Isabelle et c'est elle qui dirige le stage que vous allez faire à l'île d'Yeu. Elle va tout vous apprendre. Vous pouvez lui faire confiance, c'est un chef !

Tout le monde se présenta tour à tour. La fille à lunettes s'appelait Floriane. Elle avait, en permanence, l'air fâché derrière ses lunettes rondes. L'un des garçons, Romain, était un petit roux très vif, qui ne tenait pas en place. Et puis il y avait Jules qui parlait avec une voix très aiguë, Barnabé à l'allure timide et enfin Thomas. Thomas était le rival désigné de Jérémie, le genre qui plaît aux filles.

Pour apprendre la navigation, on avait mis un petit voilier à leur disposition. Isabelle était très gentille et très patiente. Lucille notait tout sur un carnet. Tant qu'on n'était pas sur l'eau, tout allait bien. Isabelle les avait séparés en trois groupes. Jérémie s'était arrangé pour être avec Lucille et Barnabé. Lucille posait beaucoup de questions. C'était même hallucinant le nombre de choses auxquelles elle pensait.

– Et quand il y a une tempête, qu'est-ce qu'on fait ? demanda-t-elle.

– On réduit les voiles au maximum, répondit Isabelle. On prend les vagues d'arrière par le trois quarts. Si on les prend d'arrière, on fait la culbute, et sur le côté, on est retourné.

– Et ça arrive souvent ? dit Lucille, inquiète.

– Ne t'en fais pas. Rien n'arrivera ! Et puis on sera là, Paul, M. Grangier et moi.

– Qui c'est, M. Grangier ?

– C'est le propriétaire du Bermuda. D'ailleurs, le voilà qui approche.

Ils se retournèrent et virent M. Grangier, un homme au visage peu sympathique. Il s'efforça de sourire. Il n'aimait pas les enfants, ça se voyait tout de suite.

S'il prêtait son ketch, c'était uniquement pour l'argent.

– Alors, moussaillons ! dit-il. Comment ça se passe, le stage ?

– C'est un peu compliqué, répondit Nadia. Il y a des tas de noms à apprendre. Surtout, toutes les cordes…

– Les cordes ! s'écria M. Grangier. Mon gars, il n'y a que deux cordes sur un bateau : la corde de la cloche et la corde du pendu !

Sa réponse jeta un froid. Les enfants s'entre-regardèrent.

– Il faut être précis en mer, s'empressa de dire Isabelle. C'est pour ça que chaque corde a un nom différent. Allez, on y va ! Qui sont les premiers à monter avec moi ?

Lucille leva la main. Elle préférait passer tout de suite et en finir le plus vite possible. Isabelle acquiesça et leur fit mettre leurs gilets de sauvetage.

– On va juste faire un petit tour dans la rade pour commencer.

Lucille monta sur le voilier. Déjà, elle se sentait mal. Avec sa chance habituelle, elle tomberait sûrement à l'eau. Barnabé et Jérémie suivirent. Isabelle se mit à la barre et leur donna les ordres. Au début, tout allait à peu près bien. Ils n'avaient pas grand-chose à faire, à part écouter. Puis Isabelle décida de les faire passer à la barre, l'un après l'autre. Jérémie et Barnabé se débrouillaient. Il y avait un peu de vent, mais pas trop. C'était le tour de Lucille. Barnabé s'assit à tribord. La voile se gonfla tout d'un coup et le voilier partit allégrement. C'était agréable. Lucille reprit confiance. Finalement, c'était pas si compliqué que ça. Le vent devint facétieux, soufflant par intermittence. La voile s'affaissa. Au lieu d'attendre, Lucille tira la barre contre elle Un coup de vent gonfla brusquement la voile mais du mauvais côté. La bôme traversa l'air violemment et atterrit dans… Barnabé. Il poussa un cri en passant par-dessus bord. Aussitôt, Isabelle saisit la barre. La voile faseya et le voilier ralentit.

– Ça va ? appela Isabelle.

– Au secours ! cria Barnabé.

Jérémie rigolait. Lucille n'en finissait pas de

dire qu'elle était désolée. Isabelle ramena doucement le voilier vers Barnabé.

– Ne t'affole pas, dit-elle. Tu n'as rien à craindre.

– J'ai mal! gémit Barnabé. J'ai mal à mon bras!

Isabelle se pencha et l'attrapa par le gilet. Elle le hissa à bord. Barnabé hurlait de douleur. Isabelle l'examina sommairement. À l'évidence, le garçon avait vraiment quelque chose au bras. Jérémie arrêta de rire. Lucille était blême.

*

Paul revint de l'hôpital avec de mauvaises nouvelles. Barnabé s'était démis l'épaule et c'était sérieux. Pour lui, l'aventure était finie. Il n'embarquerait pas à bord du Bermuda.

Personne n'adressait la parole à Lucille. Jules, entre ses dents, murmura:

– Porte-poisse, cette fille…

– C'est un accident, dit Isabelle, en guise de

consolation. Barnabé n'a pas eu de chance. C'est quand même plutôt rare de se démettre l'épaule !

– On va le remplacer ? demanda Romain.

– Non, on n'a plus de temps pour ça, répondit Paul. Tant pis.

« Un concurrent de moins », pensa Jérémie, très égoïstement. Thomas lui donna un coup de coude.

– Bon débarras... souffla-t-il. Il était franchement nul, ce Barnabé.

Jérémie fut soulagé de voir qu'il n'était pas le seul à avoir de vilaines pensées. Quant à Lucille, elle n'en revenait pas de ce qui s'était passé. Normalement, c'était elle qui aurait dû se casser quelque chose. C'était toujours comme ça d'habitude. Et pour une fois que ça l'aurait arrangée... On ne lui faisait pas de reproches mais tout le monde savait que c'était de sa faute. Nadia lui fit un sourire. Cela la rassura.

*

Loin, très loin de là, profond, très profond dans la mer, d'étranges animaux marins vivaient. Ils ne dérangeaient personne et personne ne les dérangeait. Jusqu'à ce que des hommes décident de faire des expériences nucléaires. Bien sûr, tous les savants étaient d'accord pour affirmer que les explosions sous la mer étaient sans danger. On ne détruisait pas la faune de l'océan et cela ne faisait aucun mal à la flore. En tout cas, c'est ce qu'ils disaient.

Et là, très loin très profond, une femelle calmar géante s'apprêtait à pondre ses œufs. Étendue sur le sable, elle attendait. D'atroces brûlures lui rongeaient les entrailles, tous les œufs étaient morts sauf un. Il avait éclos à l'intérieur et l'animal qui en était sorti la dévorait. Il la mangeait, elle, sa propre mère. Dans un dernier sursaut, le calmar l'expulsa hors de son ventre puis elle mourut.

Quelque chose qui ne pouvait pas exister venait de naître.

Porte-poisse

La semaine de stage se déroula sans autre incident. La meilleure du groupe était Floriane, elle avait l'instinct d'un vrai navigateur. Nadia et Jérémie se chamaillaient à en exaspérer tout le monde. Lucille essayait de se faire remarquer le moins possible. Romain était toujours volontaire pour les missions périlleuses. Contrairement à Jérémie, il adorait monter à la tête de mât. On l'y envoyait à l'envi car il était petit et léger. Jules faisait des commentaires acides sur tout. Il n'était pas beaucoup aimé, ce qui ne l'affectait nullement. Quant à Thomas, il était gentil… avec les filles. Il voulait toujours être bien vu. Cela énervait Jérémie, qui l'ignorait au maximum. Pourtant Thomas recherchait souvent sa compagnie. Ils s'accordaient tous sur un point : ils détestaient M. Grangier.

C'était enfin le jour du départ. L'excitation régnait. Lucille espéra jusqu'au dernier moment qu'elle ne partirait pas. Elle faillit même dire qu'elle voulait rentrer chez elle. Mais elle n'osa pas.

Chacun avait son rôle à jouer. Et tout se passa merveilleusement bien. Paul les complimenta lorsqu'ils eurent gagné la pleine mer. Et là… le roulis, le tangage… Le premier à ressentir les effets du mouvement fut Jules. Il changea soudain de couleur. Il se pencha précipitamment et vomit par-dessus bord. C'était le genre de choses qui, d'habitude, aurait beaucoup fait rire Jérémie. Mais voilà… Il ne se sentait pas très bien non plus. Nadia, Thomas, Romain et Jérémie vomirent à leur tour. Et même Floriane qui luttait bravement contre le mal de mer finit par être malade. M. Grangier se moquait de « ces marins d'eau douce ». Isabelle leur assura que c'était parfaitement normal et que ça allait passer.

– Et toi, ça va ? demanda Nadia à Lucille.

Lucille découvrit, ce jour-là, qu'elle n'était pas sujette au mal de mer.

– T'as bien de la chance, dit Nadia, de plus en plus verte.

Elle gémit et vomit à nouveau. Lucille préféra regarder ailleurs. Paul et M. Grangier discutaient dans le cockpit. Elle les écoutait distraitement.

– Vous avez fait réparer la radio ? dit Paul.

– Elle marche très bien, répondit M. Grangier.

– Elle marche un temps et tombe en panne ! Je vous ai demandé si vous l'aviez fait réparer ?

– Mais oui ! Je l'ai fait vérifier ! répliqua M. Grangier d'un ton rude.

Lucille se détourna. Isabelle était à la barre. Les autres étaient occupés à être malades. Lucille s'assit sur un gros cube en plastique orange. Elle tripota un instant la corde qui en dépassait. Isabelle lui fit un clin d'œil.

– Sur quoi je suis assise ? demanda Lucille.

– Un objet auquel personne ne veut prêter attention, répondit Isabelle. Pour conjurer le mauvais sort !

– Ah bon… mais c'est quoi ?

– Le radeau de survie.

Lucille se leva pour mieux l'examiner.

– Mais je croyais que le youyou, c'était le canot de sauvetage ?

– Non, pas vraiment. Le youyou, il sert à se rendre à terre.

– Comment ça marche, ce truc-là ?

– Eh bien, en cas d'urgence, tu le lances à la mer en tirant sur la ficelle. Et tu pries pour que ça s'ouvre ! Une fois sur deux, ça rate.

Lucille s'assit à nouveau.

Elle allait faire comme tous les marins, elle allait oublier le gros cube orange.

*

Comme elle n'était pas sujette au mal de mer, Lucille se retrouva préposée à la cuisine. Pour les autres, être à l'intérieur était rapidement insupportable. Fort heureusement, ils étaient suffisamment fatigués le soir pour s'endormir en dépit du roulis. M. Grangier buvait beaucoup de café. Lucille avait l'impression d'être son esclave personnelle. Non seulement il l'envoyait lui préparer son café quatre fois par jour, mais en plus il ne connaissait pas son nom. Il disait « toi, là » ou « la petite ». Il ignorait le mot merci. Cela irritait Isabelle mais Lucille ne voulait pas de conflit et s'exécutait avec bonne humeur.

– Je trouve qu'il exagère, dit Nadia.

– C'est pas grave, répondit Lucille. Ça m'amuse d'être dedans. J'ai l'impression que je suis toute seule à bord. Et puis, le café, c'est facile.

Faire la cuisine dans un bateau, c'était un peu comme jouer à la dînette. Il fallait être très précis et mesurer chacun de ses gestes. Lucille mettait un point d'honneur à s'améliorer à chaque fois. Le réchaud fonctionnait au gaz. Il fallait ouvrir le robinet et le refermer après chaque utilisation. Lucille prépara la cafetière à étages et la mit sur le feu. En attendant qu'il chauffe, elle essuya les bols du matin, appuyée au caisson. Impossible de faire quoi que ce soit si on ne s'appuyait pas quelque part. Elle finit sa vaisselle, posa le torchon et rangea les bols dans le caisson sous le réchaud. Le café commençait à ronronner.

– Et alors, ça vient ce café ? dit M. Grangier. T'en mets du temps !

Lucille avait peur de M. Grangier. Elle saisit la cafetière précipitamment et se brûla les doigts. Elle poussa un petit cri, laissa choir la cafetière qui s'ouvrit en deux sur le plancher.

– Oh zut, zut…

Elle s'accroupit pour ramasser les morceaux. La cafetière était métallique, elle n'était pas cassée. Dans l'affolement du moment, Lucille n'avait pas éteint le réchaud. L'air passait par la porte ouverte. Les flammes se couchèrent et atteignirent le torchon. Lucille releva la tête. Le torchon avait pris feu !

– Au secours, au secours ! Au feu !

Paul apparut immédiatement. Son premier geste fut d'écarter Lucille. Il décrocha une poêle et l'aplatit sur le torchon en flammes.

– C'est rien, c'est rien… Tu vois, c'est éteint.

– J'ai… j'ai fait tomber la cafetière… hoqueta Lucille.

M. Grangier descendit à son tour.

– Ah bah, bravo ! T'en as fait des dégâts ! T'as pu qu'à nettoyer !

Paul se retourna vers lui. Il était furieux.

– Non mais dites ! Vous vous prenez pour qui ? À l'avenir, vous le ferez vous-même votre satané café !

M. Grangier le toisa un instant mais se dégonfla aussitôt. Non seulement il était méchant mais il était aussi lâche. Il haussa les épaules et remonta. Lucille ne pouvait pas s'empêcher de pleurer. Nadia passa la tête.

– Vous avez besoin d'un coup de main ? proposa-t-elle.

– Non, pleurnicha Lucille. Je vais nettoyer…

– Ça ne m'ennuie pas, dit Nadia.

– Bien sûr que si, répondit Lucille. T'es malade à l'intérieur. Merci quand même, c'est très gentiiiiiiiiil !

Son dernier mot se perdit dans ses sanglots.

Paul l'attira contre lui pour la consoler.

– Allons, allons… On va tout remettre en ordre, toi et moi. Un morceau de chocolat ? Rien de tel pour se sentir mieux.

Paul avait raison : le chocolat se révéla très efficace.

*

– Moi, je te le dis : cette fille, c'est une porte-poisse.

Jules parlait avec l'assurance du connaisseur. Thomas se gratta la tête, dubitatif.

– Moi, j'y crois pas, dit Romain.

– Ah ouais ? répondit Jules. T'es con ou quoi ? T'as vu ce qui est arrivé à Barnabé ? Et l'incendie, hein ? On aurait pu tous y passer !

– L'incendie ! ricana Romain. Un chiffon qui prend feu, j'appelle pas ça un incendie !

– Et si y avait pas eu Paul, hein ? Tout aurait cramé, moi, je te le dis !

– Le porte-poisse, ici, c'est plutôt M. Grangier, dit Thomas.

– Quel sale bonhomme, renchérit Romain.

– Peut-être, dit Jules. N'empêche que je suis sûr que Lucille est une porte-poisse. Vous verrez ! Vous verrez si j'ai pas raison !

Sur ce, Jules regagna la poupe, laissant les deux garçons assis à l'avant.

– C'est lui qui est un oiseau de mauvais augure, dit Romain qui aimait bien ce genre d'expressions.

– Chais pas… C'est quand même un peu bizarre tout ça…

Romain ne répondit pas. Même s'il ne voulait pas l'admettre, il était aussi troublé que les autres.

*

Dans les ténèbres des abysses, la chose qui ne pouvait pas exister chassait. Tous les animaux qui croisaient son chemin étaient déchiquetés et dévorés. Et même quand elle n'avait pas faim, la chose tuait. Elle tuait pour le plaisir. Bientôt, son territoire ne lui suffit plus. Elle s'éloigna, gagna des eaux moins profondes. La chose découvrit que ces eaux-là offraient un choix grandissant de victimes. Elle devenait chaque jour plus grosse, plus forte et plus affamée.

L'eau était plus claire. La chose n'était pas accoutumée à la lumière. Elle était presque aveugle. Au début, elle chassait sans voir. Mais peu à peu, ses vilains yeux rouges s'habituèrent et devinrent performants. Elle n'en était que plus redoutable car rien ne lui échappait. Elle décimait les bancs de poissons et même les requins faisaient les frais de son appétit monstrueux.

Cette fois-là, la chose s'attaqua à un cachalot solitaire. Pourtant, le cachalot était énorme et c'était lui aussi un prédateur. La chose l'entoura avec ses tentacules, s'accrochant par les ventouses à en décoller la chair du cachalot. Elle ouvrit grand son bec armé et mordit férocement. Le cachalot se débattait mais ne pouvait pas se détacher. La chose le dévorait morceau par morceau. Le cachalot finit par succomber. Le sang attira de grands requins blancs. Ils servirent de dessert à la chose.

Bientôt, il n'y eut plus de créatures vivantes à des milles à la ronde. Alors, la chose partit à la recherche de nouvelles victimes. Elle quitta l'océan Pacifique et fila vers le nord de l'Atlantique.

*

Tant qu'il était à l'air, Romain n'était plus malade. Mais dès qu'il était obligé de rentrer, il se sentait nauséeux. Les autres semblaient moins affectés. Les jours passant, ils s'étaient habitués au roulis. Romain grogna et se retourna dans sa couchette. Il aperçut Lucille, de l'autre côté, qui regardait des photos.

– Qu'est-ce que tu fais ? demanda-t-il.

– Oh rien… C'est juste des photos…

– Fais voir.

Floriane, qui couchait au-dessus de Lucille, se pencha.

– Ouais, montre.

Lucille lui passa ses photos.

– C'est mes parents et mon pépé. Et là, c'est Doudou.

– Qui c'est Doudou ? dit Thomas.

– Mon lapin apprivoisé.

Jules se redressa et poussa un gémissement.

– Qu'est-ce qui te prend ? demanda Thomas.

– Mais vous êtes dingues ! dit Jules. Vous ne savez donc pas qu'il ne faut jamais prononcer ce mot-là sur un bateau !

– Quel mot ? dit Romain.

– L'animal avec de longues oreilles, répondit Jules. On ne parle jamais de cette bestiole à bord ! Tout le monde sait que ça porte malheur ! Ah ! Je comprends tout, maintenant ! C'est à cause de cette photo qu'on a la poisse !

Jules se leva et arracha la photo des mains de Floriane. Il la déchira en petits morceaux et jeta le tout par le hublot.

– Doudou ! gémit Lucille.

– Mais c'était rien qu'une photo ! dit Romain.

– On n'emmène jamais de… d'animal comme ça sur un bateau. Même en photo, même en pâté ! Et on ne prononce pas son nom !

– C'est pas bientôt fini ? appela une voix de l'avant. On dort, moussaillons !

Jules se recoucha. Lucille éteignit la petite lampe au-dessus de sa tête. Elle ne voulait pas que les autres voient qu'elle pleurait. Son Doudou ! Son Doudou qui portait malheur ! C'était vraiment injuste.

– Pleure pas, dit la voix douce de Romain de l'autre côté. Ton… ta petite bête, elle est tranquillement à la maison et elle va très bien…

La maison ! Comme elle aurait voulu y être ! Lucille sanglota de plus belle, mais cette fois, ce n'était pas à cause de Doudou.

Le pirate des mers

Da Silva, le capitaine du *Comodoro Rivadavia*, surveillait le sonar. Cela faisait presque dix jours maintenant qu'il n'avait rien relevé. Aucun banc de poissons. Rien. Comme si toutes les créatures de la mer avaient brusquement disparu. Il soupira et quitta le poste de pilotage. À la proue de son chalutier trônait le harpon cuivré, vestige du temps de la chasse à la baleine. C'est qu'il n'était pas de la première jeunesse, le *Comodoro Rivadavia*. Da Silva se retourna. Son second s'agitait derrière la barre. Il comprit tout de suite. Il se précipita à bâbord. Oui ! Là-bas ! Un banc de thons. Da Silva allait donner les ordres aux pêcheurs mais il s'immobilisa. Il se passait quelque chose. Les thons se dispersaient. Da Silva grogna. Il y avait là-dessous un prédateur qui s'offrait un repas sur SON banc de thons.

– Capitaine ! Capitaine !

Son second l'appelait et sa voix était bizarre. Da Silva remonta dans le poste de pilotage.

– Regardez le sonar, capitaine ! Il y a un sous-marin !

Da Silva haussa les épaules. Un sous-marin ! Son second devenait fou.

– Mais capitaine ! C'est trop gros pour être un cachalot !

Les marins s'étaient agglutinés à bâbord. La mer s'était teintée de rouge. La bête là-dessous faisait un carnage.

– Qu'est-ce que c'est que ça ? demanda le second. Là, là ! Regardez !

Sous les yeux ébahis des marins, de gigantesques tentacules battaient l'air, projetant des débris de thons dans tous les sens.

– Un calmar géant ! s'écria Da Silva. Bon sang ! Qu'est-ce que fait cet animal en surface ?

Un des marins, Marco, poussa un cri de dépit.

Des jours de mer sans rien ramener et quand, enfin, la pêche s'annonçait, une saleté de bestiole la leur volait sous leurs yeux ! Son regard se posa sur le harpon. Ça n'allait pas se passer comme ça.

Du haut de la passerelle, Da Silva observa ses marins armer le harpon. De là où il était, il était difficile de dire quelle taille pouvait avoir le calmar. Mais s'il s'en référait au sonar, il devait avoir, au moins, trente mètres de long. Et même pour une espèce géante, cela paraissait beaucoup.

– Marco ! cria-t-il. Non ! Ne tirez pas !

Mais c'était trop tard. Le harpon fusa, c'est qu'il marchait encore ce vieux canon ! L'arme entra dans l'eau et atteignit la bête près de l'œil.

Jusqu'à présent, la chose n'avait pas croisé beaucoup de bateaux. Elle ne s'y était jamais intéressée car cela ne semblait guère comestible. Ce jour-là, la chose apprit que les bateaux étaient ses ennemis. Elle n'aurait désormais de cesse de les réduire en miettes.

Da Silva vit le corps de la bête émerger un bref instant au-dessus des flots. Il en eut le souffle coupé. Non… Non, ce n'était pas un calmar géant même si ça y ressemblait. À une vitesse prodigieuse, la bête fonça vers le chalutier. Le second s'agitait désespérément derrière la barre. C'était impossible de manœuvrer assez vite pour éviter la collision. La chose les percuta de plein fouet. Le navire, et pourtant ce n'était pas une coque de noix, gîta sous le choc. Da Silva perdit l'équilibre. Il tomba sur le pont inférieur, se fracassant le crâne. Il fut le seul à avoir une mort douce. La chose enserra le bateau entièrement de huit tentacules. Avec les autres, elle frappait sur le pont, écrasant les hommes qui tentaient vainement de se mettre à l'abri. Un tentacule traversa la vitre du poste. Les ventouses à son extrémité aspirèrent le second, arrachant la peau avant de lui dévisser la tête.

Sous la pression, la tôle au-dessus de la quille éclata, ouvrant une voie d'eau. La chose plongea, sans relâcher son étreinte. Le *Comodoro Rivadavia* sombra dans les abîmes, corps et biens.

*

Lucille avait trouvé la liste du matériel de sécurité obligatoire en mer. Avec Nadia, elle passait le Bermuda en revue.

– Hum... Boîte de secours ?

– C'est quoi ?

– La pharmacie.

– Ah... Oui, chef, on l'a !

– Signaux pyrotechniques de détresse ?

Nadia la regarda avec des yeux ronds.

– Demandons à Paul, dit Lucille.

Paul leur montra le casier où étaient rangées les fusées de détresse.

– On ne touche pas à ça, ordonna-t-il. Ce n'est pas un jouet. Mais il vaut mieux que vous sachiez où c'est... On ne sait jamais.

Lucille replongea le nez dans sa liste.

– Engin flottant ? C'est le... cube orange ?

– Non. C'est le matelas orange sur lequel est en train de se prélasser ce flemmard de Jérémie !

Lucille et Nadia se tournèrent vers la proue. En effet, entre le mât d'artimon et le grand mât, il y avait cette espèce de matelas en mousse.

– Je croyais que c'était juste pour la bronzette ! dit Nadia en riant.

– Eh non, répondit Paul. Ça flotte. C'est un engin de sécurité. C'est pour ça qu'il y a une corde tout autour. Pour qu'on s'y accroche.

– Je trouve qu'il y a beaucoup trop de choses qu'on ignore, dit Lucille, après réflexion.

– Sur un bateau, on en apprend tous les jours, dit Paul. On ne vous enseigne pas tout en même temps parce que vous n'y comprendriez plus rien. Mais je vous félicite, les filles. C'est bien de poser des questions !

À la barre, Floriane ne perdait rien de ce qui se disait. Elle était d'accord avec Paul. Sur ce voilier, il n'y avait vraiment que les filles pour faire les choses sérieusement !

Romain et Thomas se mirent à crier à l'unisson.

– Là-bas ! Là-bas ! Il y a des poissons qui sautent !

– Imbéciles ! dit Jules. C'est pas des poissons ! Ce sont des dauphins !

Ils se précipitèrent tous à tribord pour voir. Isabelle reprit la barre.

– Je vais m'approcher, dit-elle. Vous les verrez mieux.

– Ils sont drôlement nombreux, remarqua Nadia.

– Qu'est-ce que c'est joli ! Oh, j'adore, j'adore ! dit Lucille.

Les dauphins n'avaient pas peur du voilier mais restaient à distance. Ils faisaient des bonds en même temps comme s'ils exécutaient un ballet. Et puis, tout à coup, ils partirent de tous les côtés, d'une manière désordonnée.

– Qu'est-ce qui leur prend ? demanda Jérémie.

Paul saisit les jumelles et scruta l'océan.

– Pirates à dix heures ! annonça-t-il.

Lucille chercha un bateau avec un pavillon à tête de mort. Mais il n'y avait aucun autre bateau !

– Pirates ? répéta Jérémie.

Paul indiqua une direction du doigt.

– Ouais, dit-il. Les pirates de la mer ! Vous ne voyez donc pas ? Les grands ailerons noirs ! Ils sont cinq ou six, semble-t-il…

– Des requins ? demanda Jules à qui ça ne plaisait pas trop.

– Non, répondit Paul. Des orques !

Lucille agrippa la main courante. Elle apercevait maintenant les ailerons noirs qui fendaient les eaux à toute vitesse.

– Oh non, non… gémit-elle. Elles attaquent les dauphins !

– Elles chassent, dit Paul. Les orques ont de sacrés appétits !

– Elles ne vont pas manger les dauphins ? dit Nadia.

– Eh si, répondit Paul. Elles ont beau être de la même famille, les orques mangent les dauphins ! Et les phoques… et les requins… et même les baleines si elles sont en groupe.

Les dauphins essayaient d'échapper à leurs redoutables cousins. Mais les orques étaient non seulement beaucoup plus grosses, elles étaient aussi beaucoup plus rapides.

– C'est dégoûtant… gémit Romain. Elles les taillent en pièces !

– Oh, les sales bêtes, les sales bêtes… sanglota Floriane.

Isabelle manœuvra pour éloigner le voilier de

la scène du carnage. La mer rougeoyait du sang des dauphins. Bientôt, les requins arriveraient pour achever les survivants. Plusieurs dauphins réussirent à prendre la fuite. Mais ils abandonnaient derrière eux une douzaine de leurs congénères, blessés à mort. Les orques s'offraient un festin. Les enfants se détournèrent. C'était trop horrible.

– Je les hais, je les hais… dit Lucille, les poings serrés.

M. Grangier, sa tasse de café à la main, ricana.

– Eh, eh, c'est la dure loi de la mer, marins d'eau douce ! Manger et être mangé !

Isabelle donna un coup sec à la barre. Le voilier gîta brusquement. Le café se renversa sur le polo de M. Grangier.

– Oh, désolée ! dit Isabelle.

M. Grangier lui jeta un regard noir. Les enfants étaient trop bouleversés pour trouver ça drôle. M. Grangier essuya son polo d'un revers de la main.

– À propos de manger… C'est l'heure, dit-il. J'ai une petite faim, moi. Je vais nous faire une paella dont vous me direz des nouvelles !

– Pas pour moi, merci, dit Romain.

– Moi non plus, dit Lucille.

– Et moi non plus ! cria Nadia. Comment est-ce que je pourrais manger après ça ?

Floriane hocha la tête en signe d'assentiment. Isabelle préférait rester à la barre et prendre un en-cas plus tard. Paul était un vrai marin. Il savait, par expérience, qu'il faut manger quand on en a l'occasion. Et même s'il était triste pour les dauphins, il n'était pas question de sauter un repas. Thomas se sentait partagé. Il voulait être solidaire des autres mais il était affamé. Jules, apparemment, n'était pas affecté et il suivit M. Grangier et Paul. Thomas se décida. Il aimait trop la paella ! Jérémie était content. Il marquait un point contre Thomas vis-à-vis des filles. Et puis, il pourrait toujours se rattraper au goûter.

*

Couchée sur le sable, la chose examinait les restes du chalutier. Elle était repue de nourriture mais pas de vengeance. Le harpon l'avait blessée et s'était arraché de lui-même. La plaie était profonde mais pas mortelle. La chose attrapa le corps déchiqueté d'un marin qui flottait. Elle le porta à sa bouche et goûta la chair humaine pour la première fois. Elle en apprécia la saveur.

Elle avait dévoré tous les poissons des environs. Elle devait se remettre en route pour trouver sa nourriture. Elle agita ses douze tentacules, brassant l'eau et soulevant des volutes de sable.

Elle repartit en direction du nord. À la vitesse à laquelle elle se déplaçait, elle gagnerait la ligne de l'équateur dans deux ou trois jours. Elle restait le plus près possible du fond. Elle préférait les eaux froides et noires. Quand le besoin s'en ferait sentir, elle remonterait chasser à la surface.

Sur son chemin, elle croiserait sans doute d'autres navires.

*

Floriane avait repris la barre à la demande d'Isabelle.

– Il faut amener de la toile, dit Isabelle. On file onze nœuds à l'aise.

Le vent sifflait dans le gréement. Le pavillon claquait. Isabelle décida de rouler la voile du mât d'artimon et de réduire la grande voile. Jérémie et Romain aidaient à la manœuvre. Nadia avait un peu peur de ce genre d'exercice. Elle resta auprès de Floriane.

– Ça tire drôlement, dit Floriane. On va vite.

Lucille observait la mer qui « moutonnait ». Le vent arrachait la crête des lames.

– Ils doivent être plutôt secoués dedans, dit Nadia avec une pointe de satisfaction.

– Tant mieux, répondit Floriane. J'espère qu'elle va leur rester en travers, leur paella !

Mais pour l'instant, personne n'avait le mal de mer, même ceux qui étaient à l'intérieur.

M. Grangier sortit une boîte de conserve et un bocal en verre.

– Je rajoute toujours des moules, dit-il. Vous allez voir, c'est délicieux !

Le couvercle du bocal ne fit aucun bruit à l'ouverture. Cela signifiait qu'il n'était plus hermétiquement fermé. Personne n'y prêta attention. Les moules mélangées avec la boîte n'avaient pas mauvais goût. Aussi ne s'aperçurent-ils de rien.

Mais ils venaient de s'empoisonner.

Pauvre équipage

Paul avait mis son ciré et repris la barre. Pour donner les ordres, il fallait élever la voix. La mer ne moutonnait plus mais formait de petits rouleaux.

– Tu ne crois pas qu'il faut réduire encore la voile ? demanda Isabelle.

– Non, ça va, répondit Paul.

– Si ça continue…

– On verra. Tu devrais faire rentrer les enfants. Il pleut trop fort, maintenant

Romain n'avait aucune envie de descendre. Il plaida sa cause : en bas, il était sûr d'être malade ! Isabelle eut pitié. Après tout, avec son ciré, il pouvait bien rester dehors encore un peu.

– Est-ce que c'est la tempête ? demanda Floriane.

– Non, dit Isabelle. C'est ce qu'on appelle « temps frais ». Force six. Espérons que ça mollira...

Dans la cabine, Isabelle remarqua tout de suite que Thomas et Jules n'avaient pas l'air bien.

– Ils ont le mal de mer, dit Jérémie. Je sens qu'on va tous y passer !

– J'ai mal au ventre, dit Thomas. Et j'ai le front chaud.

Isabelle posa la main sur sa tempe.

– Vous devriez vous allonger.

– Oh non... gémit Jules. Couché, c'est pire que tout !

Thomas n'eut pas le temps de répondre. Il se précipita vers les toilettes et vomit.

– Eh ben, c'est gai... soupira Jérémie.

Lucille observait M. Grangier. Il était vert-gris et ce n'était pas une jolie couleur... Sans donner d'explications, Lucille quitta la cabine. Romain était assis par terre dans la « baignoire » qui portait bien son nom à ce moment précis. Mais ce n'était pas à lui qu'elle pensait.

Avec difficulté, elle rejoignit Paul à la barre.

– Qu'est-ce que tu fais là, petite ?

– Paul… Dis-moi, tu vas bien, toi ?

– La paella m'est restée sur l'estomac mais ça va. Pourquoi ?

– Pour rien.

Isabelle lui criait de revenir tout de suite. Lucille hésita puis obéit.

– C'est malin, tu es trempée maintenant ! Si tu sors, tu t'habilles ! Je t'aurais crue plus sensée que ça !

Lucille se mordilla les lèvres. Isabelle comprit que quelque chose la préoccupait.

– Ne t'inquiète pas, dit-elle. Le Bermuda est un bon bateau et nous sommes de bons navigateurs !

– Ce n'est pas ça, répondit Lucille. Mais regarde : Jules et Thomas ont de la fièvre et t'as vu la tête de M. Grangier ? Il fallait que je vérifie que Paul allait bien !

– Pourquoi ?

– Parce que je reconnais les symptômes : on dirait un empoisonnement.

– Quoi ? Comment tu sais ça, toi ?

– Ça m'est arrivé… J'ai TOUT eu ! Et ce sont les seuls à avoir mangé de la paella.

Isabelle aperçut M. Grangier foncer vers les toilettes. Jules se tenait la tête en gémissant. Thomas s'était couché, les mains sur le ventre. Et Paul ? Isabelle sortit précipitamment. Paul était toujours à la barre et paraissait vaillant.

– Dis-moi franchement : est-ce que tu as mal quelque part ?

– Ma foi… Je me sens un peu chaud, c'est vrai, et j'ai les boyaux qui gargouillent mais…

– Paul, Lucille pense que vous vous êtes empoisonnés avec la paella. Et je crois qu'elle a raison.

– Elle n'était pas fameuse mais de là à… Bon sang ! Les moules ! Et on fait quoi dans ces cas-là ?

– J'en sais fichtre rien ! répondit Isabelle. Je vais demander à Lucille.

Isabelle retourna dans la cabine. Jules avait pris le relais aux toilettes. Jérémie se boucha le nez.

– Ça pue ! grogna-t-il. Maintenant, ils ont la chiasse !

Isabelle prit Lucille à part.

– Tu te souviens de ce qu'on t'a donné comme médicaments quand tu t'es empoisonnée ?

– Des antibiotiques. Il y en a dans la boîte de secours ?

– Bien sûr que non. Tout ce que j'ai, c'est de l'aspirine et des pansements !

– Alors, de l'aspirine pour faire tomber la fièvre.

– Bon, bon... répétait Isabelle. Bon, pas d'affolement...

Lucille la tira par la manche pour lui parler dans l'oreille.

– Isa... Je crois qu'il faut qu'on s'affole... Un empoisonnement, ça peut être mortel !

– Prends l'aspirine. Il faut que je retourne voir Paul.

Isabelle enfila à nouveau son ciré dégoulinant. Romain vomissait. Mais lui, c'était sûr, il n'avait que le mal de mer.

– Je crois qu'il faut réduire, finalement, dit Paul. Je... Peut-être qu'il vaudrait mieux que tu prennes la barre après...

– Paul, il faut agir vite. Lançons un appel radio.

Paul réfléchit quelques secondes. Il avait la responsabilité des enfants et, il devait bien l'admettre, ça n'allait pas fort de son côté.

– D'accord. Prends la barre. La manœuvre attendra.

Paul alluma le poste émetteur-récepteur. Cela fit « friiitch » et plus rien. Paul tapa sur le côté à plusieurs reprises.

– L'imbécile, l'imbécile ! Il ne l'a pas fait réparer !

Paul avait envie d'étrangler M. Grangier. Mais celui-ci était dans un tel état que ce n'était même plus la peine.

– Isabelle… Je me sens mal… Je dois me coucher… Je suis désolé, il va falloir que tu te débrouilles sans moi…

– Qu'est-ce qu'il faut que je fasse ? demanda Isabelle.

– Il faut essayer de gagner les Açores. Je ne vois pas d'autre solution.

Isabelle acquiesça. Paul avait raison mais les

Açores étaient loin et le vent ne les poussait pas dans la bonne direction. Elle ne pouvait pas tirer des bords contre un vent pareil et ils le savaient tous les deux.

*

Nadia et Lucille faisaient des sandwiches avec du pain et du chocolat. Impossible de cuisiner quoi que ce soit et personne n'avait vraiment faim. Paul était dans sa bannette, désormais aussi malade que les trois autres.

– On ne peut pas laisser Isabelle toute seule, dit Floriane.

– Romain est là-haut, répondit Jérémie.

– Il ne peut pas l'aider, voyons ! Il vomit sans discontinuer ! Pauvre vieux… J'y vais.

Floriane prit son ciré et un sandwich et rejoignit Isabelle. La mer faisait de grands rouleaux et la pluie frappait durement. Isabelle était trempée, les yeux rougis par l'eau et le sel.

– Flo ! Je suis contente que tu sois là…

Isabelle avait l'air pitoyable et inquiète. Floriane lui donna le morceau de pain.

– Merci… Comment ça se passe, là-dessous ?

– Nous, ça va… Tu veux que je prenne la barre ?

Isabelle eut un maigre sourire.

– Tu n'y arriveras pas…

– Est-ce que c'est la tempête, cette fois ?

– Pas encore… mais ça va mollir, ça va mollir… Il le faut…

Floriane observa un instant comment elle négociait les vagues. Elle était sûre qu'elle pourrait y arriver. Isabelle ne tiendrait pas toute la nuit. Il fallait qu'elle se repose.

– Moi, je crois qu'il faut que j'essaie.

Isabelle regarda la voile. Ils auraient dû réduire depuis longtemps. Mais elle espérait toujours que le vent faiblisse. Et puis, comment faire sans Paul ? Elle ne pouvait pas envoyer les enfants à l'avant, c'était bien trop dangereux. Elle devrait laisser la barre à Floriane et faire la manœuvre elle-même. Elle se rassura en pensant que la bôme était assurée à bâbord et à tribord et qu'elle ne risquait pas de se la prendre sur le crâne.

– Bon, décida-t-elle. Prends la barre. On va tenter le coup.

Floriane empoigna la barre fermement.

– Écoute-moi bien, dit Isabelle. Il faut négocier chaque vague l'une après l'autre. Tu dois rester à un quart sur la hanche. Attention !

Isabelle poussa un cri et reprit la barre.

– Non… Non… dit-elle. Le bateau a failli « passer sur sa barre »…

– Je suis désolée… balbutia Floriane. C'est plus dur que je croyais…

– Je sais, je sais… Ce n'est pas de ta faute. La barre est plus forte que toi et on a trop de toile.

Floriane avait eu peur et n'osait pas reprendre la barre. Isabelle n'avait plus le choix, elle devait rester à sa place et prier pour que le vent mollisse. Elle devait tenir coûte que coûte.

Mais c'était une erreur.

*

La nuit était tombée. Pas le vent. Isabelle était comme hypnotisée. Vague après vague… Arrière, sur le trois-quarts… Elle n'avait même pas eu la force d'ordonner à Romain de descendre. Il ne voulait pas. Il vomissait dans la baignoire à en souhaiter mourir.

Les enfants s'étaient couchés et avaient fini par s'endormir d'épuisement. Les malades gémissaient dans leur sommeil. M. Grangier délirait sous l'influence de la fièvre. Il se croyait à bord du Hollandais volant. Il devait s'échapper ou il serait entraîné dans le royaume des morts. Il se leva, ou plutôt tomba ! de sa bannette. À quatre pattes, il se dirigea vers le cockpit. Il fallait qu'il quitte ce maudit navire.

Isabelle ne le vit pas approcher. Elle sursauta quand il se dressa tout d'un coup. M. Grangier tenait un couteau à la main.

– Qu'est-ce que vous faites ? Vous êtes fou !

– Je ne vais pas me laisser faire ! hurla M. Grangier. Je ne vous laisserai pas m'emmener jusqu'en enfer !

– M. Grangier ! Calmez-vous ! Vous êtes malade, vous ne savez plus ce que vous faites! Je vous en conjure, ne restez pas là!

M. Grangier la menaçait de son couteau. Isabelle ne pouvait pas lâcher la barre.

– Je vous connais! Vous êtes un fantôme!

– Quoi? Mais non! C'est moi, Isabelle! Je vous en prie, écoutez-moi...

– Je vais m'enfuir, vous ne m'aurez pas! Et n'essayez pas de m'en empêcher!

Terrorisée, Isabelle le vit se pencher dangereusement au-dessus du bastingage. Elle comprit brusquement ce qu'il cherchait.

– Non! Non! Ne faites pas ça! Vous allez tomber à l'eau!

Mais il avait attrapé la corde du youyou et tirait l'embarcation vers lui. Qu'il en ait la force était incroyable. Pourtant, petit à petit, le youyou se rapprochait.

– Je vous en supplie! Arrêtez!

Romain aurait voulu aider Isabelle mais il ne pouvait pas même se relever. M. Grangier ricanait.

– Ça y est! Ça y est! Vous ne m'aurez pas! C'est pas encore pour cette fois!

M. Grangier enjamba le bastingage et se laissa glisser. Isabelle risqua un œil. Par miracle, il avait atterri dans le youyou. Avec son couteau, il coupa la corde.

Bientôt, l'embarcation disparut dans les ténèbres.

– Mon Dieu, mon Dieu… Pourvu que…

Isabelle regarda Romain.

– Il est dans le youyou ! Il faut espérer qu'il ne chavire pas !

– Il est devenu complètement fou ! cria Romain.

Isabelle se mordit les lèvres jusqu'au sang. Il fallait qu'elle se reprenne, elle ne pouvait pas se permettre de perdre la raison, elle aussi.

La mer était démontée. Force huit, vitesse du vent : trente-cinq nœuds. Les hurlements du vent la soûlaient, lui emplissaient la tête. Ne plus penser…

Juste tenir, tenir.

Force dix : la tempête

La chose n'aimait pas le mauvais temps. Elle restait au fond. En route, elle avait croisé un groupe de baleines grises qu'elle avait décimé, rien que pour le plaisir. Elle avait à nouveau faim. Elle refit surface à la recherche de sa nourriture. Les poissons avaient déserté eux aussi. Il n'y avait sur la mer que les vagues furieuses. Et au loin… une de ces créatures étranges qui flottait. Le souvenir du harpon lui revint. Elle suivit le bateau quelques minutes. Mais le rouleau des vagues et l'écume volante l'indisposèrent rapidement. Elle replongea, continuant dans la même direction. Tôt au tard, elle remonterait pour détruire le bateau.

C'était le Bermuda.

*

Lucille s'était réveillée au milieu de la nuit. Avec beaucoup de difficultés, elle avait réussi à faire du café et à en remplir la Thermos. Puis elle avait tartiné du pâté. Elle avait porté le tout à Isabelle.

– C'est terrible ce qui est arrivé à M. Grangier ! cria Lucille.

Il était devenu impossible de se parler sans hurler.

– Si seulement cette maudite radio marchait, on pourrait lancer un appel de détresse ! répondit Isabelle.

Romain ne dormait toujours pas. Il avait tellement vomi que sa gorge était enflammée. Lucille l'avait obligé à boire et maintenant il vomissait de l'eau et de la bile. Il gémit.

– Et la voile ? demanda Lucille.

– Pour le moment, ça va… On a trop de toile mais je tiens le bateau.

Mais combien de temps Isabelle pourrait-elle résister ? Elle semblait épuisée, trempée jusqu'aux os, les yeux larmoyants. La présence de Lucille lui faisait du bien.

– Je ne sais pas ce que je ferais sans toi ! dit-elle. T'es vraiment une fille super !

– Je croyais que j'étais une porte-poisse ! répondit Lucille.

– Des porte-poisse comme toi, j'en veux plusieurs, dans ce cas !

– Alors, les voilà ! dit Lucille.

En effet, Nadia, Floriane et Jérémie venaient de remonter à leur tour.

– Fallait pas vous lever ! cria Isabelle.

– Moi, je peux plus dormir ! dit Jérémie.

– Je suis tombée de ma bannette ! ajouta Nadia.

– Si tu veux réduire la voile, je suis prête, dit Floriane.

– C'est trop tard, maintenant, répondit Isabelle. Si ça se maintient, j'y arriverai.

– Oui mais ça va durer encore longtemps comme ça ?

– Je l'ignore

– Il faut que tu te reposes ! insista Floriane.

Isabelle hésita. Floriane avait raison. Mais elle ne pouvait pas laisser la barre à une petite fille dans des conditions pareilles ! Avec un peu de chance, le vent allait faiblir bientôt. Ou alors, Paul irait mieux et pourrait prendre son quart.

Les événements choisirent pour elle. Brusquement, le voilier se mit à gîter. Les enfants perdirent l'équilibre et se rattrapèrent à la main courante.

– Qu'est-ce qui se passe ? grogna Romain.

– Oh non, non, pas ça ! s'écria Isabelle.

Lucille se remit péniblement sur ses pieds. Le voilier était secoué dans tous les sens.

– Ah ben, merde ! dit Jérémie.

La grande voile s'était déchirée.

– Qu'est-ce qu'il faut faire ? demanda Floriane. C'est pas supportable !

– On n'a plus le choix ! répondit Isabelle. Il faut rouler la grande voile et remettre un bout de la voile d'artimon !

Floriane posa la main sur son bras.

– Vas-y ! Je peux tenir la barre, j'en suis sûre !

Isabelle la regarda puis regarda Romain. C'était de lui qu'elle avait besoin. Romain était le meilleur quand il s'agissait des manœuvres. Mais il était « hors service ».

– Jérémie ! Il va falloir que tu m'aides !

Jérémie frissonna et ce n'était pas à cause du froid.

– Je pourrai pas...

– Je vais le faire, moi ! cria Nadia.

Isabelle confia la barre à Floriane. Elle semblait si petite ! Mais Floriane était déterminée cette fois et elle refusa à la peur de commander. Arrière, par le trois-quarts. Négocier vague après vague. Elle serra ses doigts. Isabelle l'observa quelques instants.

– C'est bien ! Continue comme ça !

Floriane n'entendait plus rien. Elle avait le regard fixe derrière ses lunettes rondes mouillées de pluie. Elle n'avait pas besoin de voir. Elle sentait les vagues derrière elle, des murs de six mètres plus durs que du béton. Isabelle sortit les harnais de sécurité. Nadia avait la trouille et voulait en finir au plus vite.

– Il faut d'abord assurer la bôme du mât d'artimon ! dit Isabelle. On aurait dû le faire avant… quelle idiote je suis !

Ses mots s'étaient perdus dans le rugissement du vent. Nadia avait agrippé la main courante et se glissait vers l'avant.

– Attends ! hurla Lucille. Le harnais, le harnais !

Isabelle se précipita vers Nadia. Elle l'empoigna et lui commanda de revenir. Le bateau, à cause de la voile déchirée, gîtait fortement, embarquant des paquets d'eau. La bôme traversa l'air si vite que Lucille n'eut pas le temps de les mettre en garde. La bôme frappa Nadia dans le dos. Elle cria et passa par-dessus bord. Isabelle la tenait toujours par la manche. Le voilier se coucha sur le côté et elles basculèrent toutes les deux.

Jérémie était pétrifié par l'horreur. Floriane essayait désespérément de redresser le bateau avant que la vague suivante ne l'atteigne. Un coup de vent salutaire lui vint en aide. Le regard de Lucille se posa sur le gros cube orange.

– Vite ! Vite ! Jérémie ! Il faut leur lancer le radeau de survie !

Jérémie se secoua à temps. Avec Lucille, il souleva le cube. Lucille tira sur la corde et pria pour que ça s'ouvre. Le radeau tomba dans l'eau et se déplia.

Dans la mer démontée, Isabelle tenait encore Nadia. Grâce à leurs gilets de sauvetage, elles n'avaient pas coulé. Isabelle savait qu'il était impossible au voilier de faire demi-tour pour les repêcher. Elle crut que c'en était fini pour elles.

– Isabelle ! Regarde ! Là !

Elle vit la masse orange qui flottait non loin.

– Il faut nager ! Vite, Nadia ! On ne peut pas laisser échapper le radeau ou on est perdues !

Elles se débattirent dans la violence des vagues. On dit parfois que la peur donne des ailes, cette fois-ci, elle donna des nageoires ! Isabelle agrippa le bord du radeau. Elle attira Nadia et la fit monter en premier. Puis elle se hissa. Leur situation n'était guère enviable, mais pour l'instant, elles étaient sauves. Nadia claquait des dents. Le froid les saisit. Isabelle se voulut rassurante.

– Ça va s'arranger… on va nous retrouver, t'inquiète pas…

– C'est Lucille qui a pensé au radeau, répondit Nadia.

– Oui. Une chance ! Mais comment ils vont faire sans moi ?

Lucille et Jérémie ne pouvaient pas savoir si elles avaient atteint le radeau. La hauteur des vagues et l'obscurité les empêchaient de voir.

– Faites quelque chose ! implora Floriane. Je vais craquer !

Romain se releva mais fut aussitôt pris de nausées. Il leur jeta un regard pitoyable. Il ne pouvait vraiment pas leur être utile.

– Jérémie, les harnais, ordonna Lucille. C'est à nous d'y aller !

– Assurez la bôme ! hurla Floriane.

Jérémie et Lucille se harnachèrent. Tout dépendait d'eux désormais.

– Tu pourras enrouler la voile déchirée ? demanda Lucille.

Jérémie acquiesça.

– Je suis mort de peur mais c'est mieux que mort tout court !

Floriane avait raison : la première chose à faire

était d'attacher la bôme du mât d'artimon. Jérémie passa à bâbord et Lucille à tribord. Ils y parvinrent sans trop de difficultés. Le plus dur restait à faire. Accroché à la main courante, Jérémie continua sa progression vers la proue. Les embruns l'aveuglaient. Il se mit à pousser des cris comme font les joueurs de tennis dans l'effort. Cela le soulagea. Il se jeta presque sur le grand mât, pressé de s'y agripper. Il tourna la manivelle pour descendre la voile. Un bout de toile déchirée s'était pris dans la drisse. Il donna un coup sec et il se décoinça. La voile s'enroula n'importe comment, par morceaux. Jérémie eut un petit rire en pensant à la tête que ferait Isabelle si elle pouvait voir ce travail de cochon ! Il se souvint brusquement qu'Isabelle était passée par-dessus bord. Il l'avait oublié l'espace d'un instant. Jérémie se retourna vers Lucille. Elle se débattait avec la voile d'artimon. Elle n'était pas très costaude et elle avait du mal à manœuvrer. Malgré sa peur, Jérémie la rejoignit, à quatre pattes.

– Il n'en faut que très peu ! hurla Jérémie.

– Je sais ! cria Lucille. Juste le « torchon » !

Dès que la grande voile avait été descendue, Floriane avait repris un peu de contrôle. Maintenant, le vent s'appuyait sur le « torchon ». Mais quel vent ! Loin de tomber, il avait encore forci. Romain faisait face à la barre. De là où il était, il pouvait voir les vagues se soulever derrière le voilier. C'était effrayant. Il se releva, inquiet pour les deux autres. Ils revenaient enfin vers eux.

– Bravo ! s'écria Romain.

Jérémie claquait des dents. Les cirés ne servaient pas à grand-chose. Les enfants étaient gelés et trempés. Jérémie s'effondra à côté de Romain.

– Je ne veux plus jamais faire ça de ma vie !

Lucille continua jusqu'à la poupe. Floriane avait les doigts tout blancs à force d'être crispés. Ses petites lunettes rondes avaient glissé jusqu'au bout de son nez. Lucille les lui enleva et les mit dans sa poche.

– Ça va ? demanda Lucille.

Floriane ne répondit pas, le regard fixe et comme halluciné. Jérémie s'était remis debout sur ses jambes tremblantes.

– Il faut peut-être que je l'aide ? dit-il.

Lucille se tourna vers lui. Jérémie ne saurait sûrement pas manier la barre aussi bien que Floriane.

– Fais-lui confiance ! dit-elle. Viens. Rentrons nous changer. Je vais faire du thé chaud pour Flo.

Romain refusa une nouvelle fois de descendre. Lucille vérifia d'abord l'état des malades. Jules paraissait inconscient. Thomas gémissait et s'agitait. Il avait vomi par terre, sans doute incapable de se lever. Paul ouvrit les paupières quand Lucille posa la main sur son front.

– Isabelle ? souffla-t-il.

– Non, c'est Lucille… Heu… Isabelle est… dehors.

Paul referma les yeux. Il était trop faible pour parler. Lucille soupira. Jérémie avait pris la serpillière et nettoyait sous la bannette de Thomas.

– Merci, dit Lucille. Je n'avais pas envie de faire ça !

Jérémie haussa les épaules. Lucille voulut mettre de l'eau à chauffer. Il devint vite évident que c'était impossible avec le tangage. Il restait du café dans la Thermos. C'était mieux que rien. Jérémie enfila un pull sec mais il grelottait toujours.

– Je voulais... commença Lucille, enfin... tu sais, t'as vraiment été très bien tout à l'heure...

Jérémie baissa la tête. Les larmes se mirent à couler sur ses joues. Lucille renifla plusieurs fois.

– Arrête ! Arrête ! dit-elle. Si tu pleures, je vais pleurer aussi !

Romain les observait par la porte restée ouverte. Il fut pris de hoquets violents, un mélange de nausées et de sanglots. Lucille se laissa aller.

Il y a des moments où il est bon de pleurer.

*

Raide, sourde et aveugle, Floriane tenait la barre. Rien ni personne ne pourrait la distraire. Dans son cerveau, il n'y avait plus que quelques mots qu'elle se répétait inlassablement : «Arrière, par le trois-quarts.» Trop droit, le voilier s'écraserait contre la vague d'avant. Trop de travers, il se coucherait sous la vague d'arrière.

Malgré l'obscurité, la mer était toute blanche. Le vent soufflait à cinquante nœuds, près de quatre-vingt-dix kilomètres-heure ! Cette fois, Floriane ne pouvait pas demander à Isabelle si c'était la tempête. Mais c'était inutile. Elle le savait bien, que c'était la tempête !

Capitaine Porte-poisse

À six heures du matin, le vent tomba. Le ciel s'éclaircit avant le lever du soleil. Mais la mer resterait aussi démontée encore plusieurs heures.

Nadia était épuisée. Elle avait nausée sur nausée. Le radeau de survie tournait comme une toupie. C'était déjà miraculeux qu'il flotte.

Isabelle lui tenait la main. Elle n'osait pas partager ses pensées avec Nadia. Elle avait peur pour elles, bien sûr, mais ses craintes surtout étaient pour les enfants seuls à bord. Comment Floriane pourrait-elle tenir le bateau dans la tempête avec une voile déchirée ? Et si jamais ils essayaient d'amener la voile et… elle secoua la tête, voulant chasser les images horribles qui lui venaient sans cesse.

– Il ne pleut plus... murmura Nadia.

– La tempête s'éloigne, répondit Isabelle.

– Oh, si seulement ça remuait un peu moins... Tu crois qu'il y a d'autres bateaux dans le coin ?

– Des tas ! On va nous trouver, t'en fais pas. Cette couleur orange est hideuse mais on la voit de loin !

Nadia esquissa un faible sourire. Elle songea à la bande fluo qu'elle mettait quand elle faisait du vélo. C'était de la même couleur. Oui, sûr, cela leur porterait bonheur. Elle imaginait déjà le jeune marin qui criait : « Capitaine, orange à bâbord ! » Et on viendrait les repêcher et le capitaine dirait : « Heureusement que vous aviez cet orange-là, on ne pouvait pas le rater ! »

Nadia s'endormit, vaincue par la fatigue.

*

Lucille versa du café dans la tasse en plastique et le tendit à Floriane. Celle-ci ne le prit pas. Lucille observa un instant le visage crispé de sa camarade. Floriane avait les yeux rougis par les embruns et la pluie, elle ne cillait presque pas. Elle avait le regard halluciné d'une folle.

– Flo, dit-elle doucement. Il faut que tu boives un peu…

Floriane ne tourna pas la tête vers elle mais elle avait entendu.

– Je ne peux pas… je ne peux pas desserrer mes doigts…

Sur le moment, Lucille ne comprit pas ce qu'elle voulait dire.

– Ça te fera du bien, c'est encore chaud !

– Mais je ne peux pas, répéta Floriane. Je ne peux plus bouger les doigts…

Lucille posa la main sur la sienne. Elle était glacée. Elle essaya de lui ouvrir les doigts. Floriane poussa un cri de douleur. Le plus délicatement possible, Lucille déplia les doigts tétanisés sur la barre, un par un. Flo pleurait tant cela lui faisait mal.

– Arrête ! supplia Floriane. De toute façon, il faut que je tienne la barre !

Romain se releva. Il était chancelant d'avoir

été aussi malade, les joues creusées et le teint blême. Mais il se releva. Il avait regardé Floriane toute la nuit, il savait ce qu'il fallait faire.

– Laisse, dit-il, je vais prendre le quart.

– T'es sûr ? demanda Lucille.

Romain hocha la tête. Il se sentait toujours mal mais, à force, il s'y était habitué. Il était lui aussi dans un état second, ce genre d'état où tout devient possible. Il saisit la barre. Lucille entreprit d'ouvrir les doigts de l'autre main de Floriane. C'était presque insupportable de l'entendre hurler, au point qu'elle faillit renoncer. Il fallait pourtant le faire. Elle lui massa les mains pour aider le sang à circuler de nouveau. Floriane se mit à trembler de froid, d'épuisement et d'énervement.

– J'en peux plus, j'en peux plus... gémissait-elle.

Lucille la fit boire, par petites gorgées. Elle aurait voulu que Floriane descende s'allonger. Mais Floriane ne voulait pas quitter Romain. La mer roulait encore des vagues monstrueuses et elle craignait une défaillance du garçon. Lucille faisait de son mieux pour la réchauffer.

Jérémie apparut, apportant du pain et du chocolat. Il soupira.

– Je ne sais plus ce qu'il faut faire, dit-il. Jules est à nouveau en train de vomir. Il y en a partout... J'avais besoin d'air frais, je te jure ! Ça va mieux, Romain ?

– Non. Mais moi, je n'arrive même plus à vomir ! Et les autres ?

– Pas terrible... Thomas délire, il arrête pas de parler de requins ou chais pas quoi... Paul, il est aussi inerte qu'un paquet de chiffons ! Je crois qu'il est évanoui.

– Qu'est-ce qu'on va faire, maintenant ? demanda Romain.

Instinctivement, ils se tournèrent vers Lucille. Comme si elle avait toutes les réponses !

– Une chose après l'autre, dit Lucille. Attendons que la mer se calme. Et puis, comme le jour se lève, on y voit un peu. Faisons le guet. Il y a forcément d'autres navires quelque part ! Dès qu'on en repère un, il faut lancer une fusée de détresse. C'est la seule solution.

Ces simples mots suffirent à les rassurer. Lucille

était peut-être la seule à douter. Eux quatre, ils avaient une chance de s'en sortir. Mais qu'adviendrait-il des malades s'ils restaient encore longtemps sans soins ? Et les deux naufragées ? Avaient-elles pu atteindre le radeau de survie ? Et même si c'était le cas, comment les retrouver ?

*

La bête avait refait surface. Elle cherchait le bateau. Mais tout ce qu'elle vit était une petite chose qui tournoyait dans les vagues. Elle n'avait jamais rien vu de tel auparavant et n'en pensait pas grand-chose. Elle aurait pu avoir la curiosité d'y regarder de plus près. Mais elle ne le fit pas et replongea vers les profondeurs.

Nadia et Isabelle ne surent jamais à quoi elles venaient d'échapper.

*

Le ciel charriait de grands nuages gris. La mer se calmait progressivement. On pouvait espérer le beau temps après l'éclaircie. Mais l'atmosphère était bizarre. Lucille en vint à se demander si une autre tempête n'allait pas leur tomber dessus. Ou alors, et ce n'était pas beaucoup mieux ! le calme blanc, sans vent, l'immobilité totale...

Jérémie avait pris les jumelles et scrutait l'horizon. Il était assez content de cette nouvelle charge. Tout plutôt que de redescendre ! Il avait eu plus que sa part, merci. La garde des malades était revenue à Lucille. Non pas qu'elle pouvait faire grand-chose à part nettoyer et essayer de les faire boire. Mais elle était sûre de ça : il fallait veiller à ce qu'ils ne se déshydratent pas. Ça n'avait rien de facile car ou l'eau coulait à côté ou les malades rejetaient tout. Elle s'obstinait, pourtant, avec une patience dont elle ne se savait pas capable.

Floriane s'était endormie à côté de la barre, enroulée dans une couverture. À sa grande surprise, Romain avait réussi à manger et à ne rien vomir. Il était même affamé. Lucille avait promis de préparer un vrai repas dès que le tangage s'affaiblirait. Ils avaient tous besoin de reprendre des forces.

– Pas de navires en vue ? demanda Romain.

– Non. Les vagues sont encore hautes, ça n'aide pas…

– Il faudrait monter à la tête de mât.

Jérémie se retourna vers Romain.

– T'es dingue ? Tu crois que je vais aller faire le singe là-haut avec un roulis pareil ?

Romain se mit à rire. Cela faisait bien longtemps, une éternité, qu'il n'avait pas ri. Ce n'était pas le genre de Romain de se moquer des autres. Mais il imaginait Jérémie à la tête du mât, secoué comme un prunier, et c'était drôle.

Jérémie se renfrogna.

– J'irai moi-même ! dit Romain. Dès que quelqu'un pourra prendre ma place.

Jérémie observa un instant le mouvement des vagues.

– Pour le moment, je ne m'en sens pas capable, répondit-il. Je ne suis pas aussi bon que toi ou Floriane.

Romain jeta un regard attendri à Floriane, qui n'était maintenant qu'une petite fille endormie.

– Tu sais, elle est vraiment incroyable, celle-là.

– J'ai horreur de devoir l'admettre mais faut bien avouer que sans Lucille et Flo, on était mal barrés… Les filles ! On a l'air de quoi, nous ?

– On n'aurait rien pu faire sans toi, répondit Romain. T'as été vachement courageux, aussi.

Jérémie se mordit les lèvres, les yeux soudain pleins de larmes.

– Qu'est-ce que t'as ? dit Romain.

– C'est à cause de moi si Nadia et Isabelle sont tombées à l'eau !

– C'est la bôme ! C'est pas de ta faute !

– Si ! C'est parce que j'ai eu la trouille ! C'était à moi d'y aller et j'ai pas voulu ! Je me le pardonnerai jamais !

Romain ne trouva rien à répondre à ça. Il se concentra sur la navigation pour laisser à Jérémie le temps de se reprendre. Lucille apparut et Jérémie comprit qu'elle avait tout entendu.

– On n'est que des enfants, dit Lucille.

– Et moi, j'ai l'impression d'avoir cent ans !

dit Romain. Ça doit être parce que j'ai mal partout…

– Je crois qu'on a beaucoup vieilli en une seule nuit, ajouta Jérémie.

– Alors, capitaine, quels sont les ordres ? demanda Romain.

Lucille eut un sursaut de surprise.

– Qui ça, moi ?

– Qui d'autre ? C'est toi qui commandes, ici.

– Capitaine Porte-poisse ! dit Lucille en riant. Tu parles !

– C'est quand même toi qui penses à tout, répondit Jérémie. C'est ça, un capitaine, non ?

– Bon, dit Lucille sérieusement. Eh bien, puisqu'il faut que je décide… Matelot, il faut dérouler la voile d'artimon.

– Ça va pas ! protesta Romain.

– Elle a raison, dit Floriane en s'étirant. Il n'y a presque plus de vent et les vagues nous trimballent dans tous les sens. Il nous faut plus de toile pour naviguer correctement.

– Si tu reprends la barre, j'y vais, proposa Romain.

– Non, dit Jérémie fermement. C'est à moi de le faire !

Jérémie enfila le harnais et partit à la manœuvre. La voile monta droit et se gonfla légèrement. Aussitôt, le voilier prit de l'allure.

– C'est plus facile ! dit Romain. J'aurais jamais cru ça !

– C'est normal, répondit Floriane en se levant. Maintenant, c'est toi qui contrôles, plus la mer !

Jérémie revint dans le cockpit, assez satisfait de lui-même.

Lucille mit les deux poings sur les hanches.

– Regarde-moi ce bateau ! dit-elle. C'est pire que la chambre de mon cousin. Rangez-moi tout ça ! Cuistot ! C'est le moment de préparer le repas. Ah oui, c'est moi aussi, ça…

Lucille se mit au garde-à-vous et salua, ce qui amusa les trois autres.

– Oui, capitaine ! J'y vais de ce pas !

Et elle redescendit.

– Eh bien, au travail, dit Floriane. Garde la barre, Romain. Moi, j'ai vraiment besoin de bouger !

*

M. Grangier entendait des cloches sonner. Il avait l'impression d'être dans les tours de Notre-Dame. Ding, dong. Le youyou avait embarqué beaucoup d'eau et flottait bas. Non, il n'était pas dans un clocher, il était dans son bain. Il avait mis trop d'eau froide. Il fit le geste de tourner le robinet. Tiens, non. Il n'était pas non plus dans son bain. Il ouvrit ses paupières brûlantes de fièvre et de sel. Un nuage. Un nuage en forme de… brioche. Miam, miam. Et un autre qui ressemblait à… une souris. Ou un éléphant. Un autobus.

Il se redressa. Et ça… Ce nuage-là était tout près. Et puis, il n'était pas très joli. Ça ressemblait à une grosse patate germée. Et même qui avait beaucoup germé. Avec deux yeux rouges.

La chose attrapa M. Grangier presque délicatement. Elle le souleva dans les airs et l'examina. M. Grangier hurla mais ne se débattit pas. Il ne pouvait pas remuer, enlacé par le tentacule.

La chose l'approcha de sa bouche, cette espèce d'énorme bec de perroquet. Elle lui arracha la tête mais la recracha. Elle avala le reste, gardant le goût du sang humain sur sa langue râpeuse.

Elle saisit le youyou et l'éclata d'une seule pression. Le harpon. Le souvenir du harpon. Le bateau. Le souvenir du bateau dans la tempête. Il était là, quelque part. La chose s'enfonça de quelques mètres sous les eaux, juste assez pour ne plus subir le mouvement des vagues.

Puis elle se mit en chasse.

À cœur vaillant, rien d'impossible

Comme tout était immobile. Nadia suivait l'alternance d'ombre et de lumière sur la toile au-dessus de sa tête. Plus de vent, plus de vagues. Le soleil avait pourtant du mal à percer. Isabelle jeta un regard vers le ciel.

– Nous voilà encalminées, maintenant ! dit-elle.

– Ça veut dire quoi ?

– Calme blanc, mer lisse… L'horreur du navigateur ! On ne peut rien faire, on subit c'est tout. Ce ciel est vraiment bizarre… Il y a comme un voile… Ce n'est pas normal. Après une tempête, ou il y en a une autre ou le beau temps revient, mais là…

– En tout cas, je suis bien contente que ça ne bouge plus ! Et puis, on nous verra plus facilement, hein ?

– Oui, oui, bien sûr !

– Et puis, c'est mieux aussi pour les autres, hein ?

– Oui, oui… Il n'y a rien à craindre…

Nadia se redressa brusquement.

– C'est pas vrai ! cria-t-elle. Tu crois qu'ils ont coulé dans la tempête ! Tu crois qu'ils n'ont pas pu s'en sortir ! Je le sais ! Tu me mens !

Nadia se mit à pleurer. Isabelle voulut la prendre dans ses bras mais elle la repoussa, rageusement.

– Mais moi, je ne le crois pas ! Parce que, parce que… parce que je ne veux pas !

– Moi non plus, je ne veux pas, dit Isabelle doucement.

Nadia essuya ses joues avec sa manche raidie de sel. Elle soupira.

– Excuse-moi, Isabelle. J'ai tellement peur ! Peur qu'on nous trouve jamais. Peur qu'ils soient… morts.

Le silence s'établit entre elles, douloureux. Nadia en arrivait presque à regretter le rugissement du vent. Ce silence était dérangeant.

Mais… Nadia dressa l'oreille. Il y avait un bruit.

– Qu'est-ce que c'est ?

– Quoi ?

– Écoute ! Tcheu tcheu tcheu… Tu n'entends pas ?

Isabelle souleva la toile et regarda tout autour. Là-bas, oui, là-bas !

– Un bateau ! Un bateau ! s'écria-t-elle. C'est son moteur ! Ce doit être un cargo ou un chalutier !

Le son portait loin sur la mer. Le navire était à peine visible sur la ligne d'horizon.

– Il va passer sans nous voir ! gémit Nadia.

– Attends, attends !

Isabelle se mit à fouiller frénétiquement dans le matériel de survie. Elle était presque sûre qu'il devait y avoir un fumigène ou quelque chose de ce genre.

– Ce n'est pas possible ! dit-elle. Ça doit être là…

Nadia comprit qu'il n'y avait rien. Le désespoir s'empara d'Isabelle. Elle se cacha le visage dans les mains. Nadia ramassa la boîte de conserve qui avait roulé entre ses jambes. Elle déchira l'étiquette. Le métal n'était pas très brillant mais... Nadia observa le soleil qui apparaissait encore par intermittence. Oui. Le métal renvoyait les rayons. Isabelle releva la tête.

– Oh, Nadia ! Tu es plus maligne que moi !

– J'ai été scout dans une autre vie ! répondit Nadia en riant.

Le soleil se décida à faire un petit effort et perça le voile de brume quelques minutes. Et tout à coup, elles entendirent la sirène du bateau, par deux fois.

– Ils nous ont vues ! s'exclama Isabelle. Ils nous signalent qu'ils arrivent !

Régulièrement, la sirène retentissait. De plus en plus forte au fur et à mesure que le navire approchait. Nadia continuait d'utiliser la boîte comme un miroir pour le guider. C'était sans doute inutile car leur position avait dû être relevée. Et le soleil était à nouveau masqué. Mais cette boîte, c'était comme une bouée de secours à laquelle elle s'accrochait.

C'était un cargo, battant pavillon canadien. Il stoppa à bonne distance.

– Pourquoi il s'arrête ? demanda Nadia.

– Ça serait dangereux pour nous s'il venait plus près. Ils vont mettre une chaloupe à la mer pour nous récupérer.

Nadia serra la boîte contre son cœur.

– Oui, et après, on va chercher le Bermuda. N'est-ce pas ?

*

Théodore Broussard, que tout le monde à bord appelait affectueusement Teddy, gratta sa barbe grisonnante.

– Sacré coup de chance ! dit-il avec son accent canadien. C'est que c'était une sacré nom de nom de tempête, cette nuit ! Vous devez avoir un sacré nom de nom d'ange gardien pour avoir survécu, mes petites demoiselles !

Nadia finit sa troisième tasse de chocolat chaud. Isabelle eut un sourire fatigué. Le capitaine du Prince Edward était bien gentil mais il était un peu… soûlant.

– On va retrouver mes amis, hein, capitaine ? dit Nadia.

– On a lancé un appel radio à tous les navires croisant dans les parages. L'Atlantique, c'est grand, mais il y a un sacré nom de nom de trafic ! Ça serait bien le diable si on ne les retrouvait pas rapidement !

Nadia était prête à le croire sur parole. Isabelle intercepta le regard de Teddy. Ils savaient tous les deux qu'il y avait peu d'espoir. Un vieux marin entra dans la cabine du capitaine.

– Ça brouillasse, dit-il. Vingt ans de navigation et c'est la première fois que je vois du brouillard tomber après une tempête ! C'est à n'y rien comprendre !

– Nom de nom… murmura Teddy dans sa barbe.

*

Le Bermuda était encalminé. Les enfants en étaient plutôt soulagés. Lucille, l'esprit pratique, notait les quarts sur le journal de bord. Elle y avait aussi relaté les événements, le plus simplement possible. C'était une obligation en mer de tenir le journal. Puisqu'elle avait été promue capitaine, elle voulait faire les choses en règle. Profitant du calme, Jérémie et Romain lavaient le pont. La voile d'artimon restait immobile. Floriane était à la barre, ce qui ne servait à rien puisqu'ils ne bougeaient pas d'un pouce. Mais c'était son quart.

Lucille donna à boire à Thomas. C'était le seul des trois malades dont la fièvre était un peu tombée. Il avait repris conscience mais restait trop faible pour se lever. C'était tout de même bon signe. Jules continuait de vomir, il ne délirait pas et comprenait ce qu'on lui disait. Lucille était surtout inquiète pour Paul. Il ne réagissait pratiquement pas, comme s'il était dans un semi-coma.

– Je voudrais être utile à quelque chose, dit Thomas.

– Très bien, répondit Lucille. Si tu veux vraiment être utile, occupe-toi de toi tout seul. Je te laisse une bouteille d'eau, bois régulièrement. Tiens, reprends de l'aspirine.

Lucille décrocha une petite poêle et prit la louche dans le caisson. Elle les posa à côté de lui.

– Qu'est-ce que tu veux que je fasse de ça ? demanda Thomas.

– Je vais remonter les aider. Si Jules vomit à nouveau ou s'il y a un problème, tape sur la poêle. Tu es responsable des deux autres.

Thomas sourit. Cette fille, elle pensait à tout. Lucille sortit. Elle inspecta le pont, très sérieusement.

– Pas mal, dit-elle. Maintenant, je crois qu'il faut que nous enlevions la voile déchirée. Elle ne nous sert à rien de toute façon.

– Ça va pas être du gâteau, remarqua Jérémie. Elle est entortillée n'importe comment…

– Il y en a une de rechange ? demanda Romain.

– Une grande voile, non, répondit Floriane. Mais on peut peut-être la remplacer par le foc.

– On va essayer, décida Lucille. Pour le moment, on n'a pas besoin de voile mais il faut toujours être prêt.

Les deux garçons se mirent au travail. La grande voile était en très mauvais état. Elle n'était pas réparable. Ils la plièrent du mieux qu'ils purent. Ils ne savaient pas quoi en faire. La jeter ? La caser quelque part ?

Lucille regarda le ciel. Depuis deux heures, la ligne d'horizon était embrumée. Ça n'avait rien d'engageant. Elle fouilla dans le caisson où il y avait les fusées de détresse. Elle en sortit un petit objet de la forme d'un extincteur rouge.

– Celui qui est de quart aura la corne de brume, dit-elle. Je crois que ça va servir, malheureusement…

Jérémie appuya brièvement sur le bouton. Le bruit était très fort et assez déplaisant.

– C'est le truc qu'on entend pendant les matchs de foot ! dit-il en riant.

– Ce n'est pas un jouet ! s'écria Floriane. Donne-moi ça ! C'est moi qui suis de quart !

Romain, lui, s'intéressait davantage aux fusées de détresse. Il y en avait trois avec une espèce de pistolet au canon très large. Il ouvrit le pistolet et introduisit une fusée.

– Ce n'est peut-être pas prudent, remarqua Lucille.

– C'est toi qui viens de dire qu'il faut toujours être prêt.

Romain remit le pistolet chargé dans la boîte.

– Pas question d'y toucher, ajouta-t-il. Mais c'est là.

Un coup sourd retentit soudain. Le bateau, jusque-là immobile, s'inclina légèrement sur tribord.

– Qu'est-ce que c'est que ça ? demanda Floriane.

– Ça vient d'en dessous, répondit Jérémie. C'est peut-être Thomas ?

Lucille secoua la tête. Non, ce n'était pas Thomas.

– On a dû heurter un objet, dit Romain en se penchant par-dessus bord.

Il écarquilla les yeux. Il y avait une masse sombre et mouvante sous la coque.

– Je crois que c'est... un gros poisson ou...

Il se rejeta brusquement en arrière.

– C'est pas un poisson ! cria-t-il. C'est une énorme bestiole !

– Une baleine ? demanda Jérémie. Hein, c'est quoi ?

Romain n'eut pas besoin de répondre. Dans une gerbe d'eau, la chose émergea à quelques mètres du Bermuda. Elle était intriguée par le bateau et l'observait de ses horribles yeux rouges.

– Qu'est-ce qu'on fait, qu'est-ce qu'on fait ? dit Floriane, paniquée.

– ON NE BOUGE PAS ! ordonna Lucille. Si on fait rien, elle va peut-être partir...

Romain posa la main sur la boîte qu'il n'avait pas encore rangée. Tout doucement, il l'ouvrit et reprit le pistolet.

– Attends, dit Lucille.

– J'attends, répondit Romain, calmement.

La chose éleva un tentacule. Elle l'enroula autour du grand mât. Quelques secondes passèrent. Puis elle tira violemment dessus. Le mât cassa à la base, aussi facilement qu'une allumette. Le voilier gîta sous le choc. La chose amena le mât jusqu'à sa bouche, arrachant au passage tous les cordages qui le retenaient. Elle mâchouilla le bois, le réduisant en une bouillie qu'elle recrachait au fur et à mesure.

– Elle va nous tuer ! gémit Floriane.

Lucille pensait à toute vitesse. Elle saisit Floriane par le bras.

– Descends ! Il faut mettre les gilets de sauvetage aux malades !

– Quoi ?

– Fais ce que je te dis !

Floriane obéit. Jérémie récupéra la corne de brume.

– Ça l'amuse de faire ça, dit Romain. Elle va nous couler.

– Tu peux l'atteindre avec la fusée ? demanda Lucille.

– Cette bestiole est assez grosse, merci ! Le problème, c'est que ça ne lui fera sûrement pas beaucoup de mal !

– Faut pas l'énerver, dit Jérémie.

– T'en as de bonnes !

– Il faut viser dans l'œil, dit Lucille. C'est le seul endroit.

Lentement, Romain leva le pistolet. Il était très fort aux fléchettes mais il ne savait pas tirer. Il ne pouvait pas se permettre de rater son coup. Il inspira profondément. La chose en avait fini avec le mât. À nouveau, elle déplia un tentacule.

– Oh non, non ! cria Jérémie.

La chose arracha la proue du voilier, juste au-dessus de la ligne de flottaison. Elle ouvrit grand son bec monstrueux, comme si elle s'apprêtait à avaler le bateau tout entier.

Romain appuya sur la détente. Il fut surpris par le recul et tomba assis par terre. La fusée rata l'œil et entra droit dans la bouche.

La chose émit un grognement terrifiant. La fusée lui brûlait la bouche et elle ne comprenait pas ce qui lui arrivait. Elle plongea et disparut d'un coup.

– Ça a marché, ça a marché ! s'exclama Jérémie. On l'a fait fuir, cette sale bête !

– Elle va revenir, dit Lucille.

Les garçons la regardèrent. Ils savaient qu'elle avait raison.

Les grands ailerons noirs

Jérémie scrutait les eaux tout autour du voilier. Romain et Lucille étaient descendus dans la cabine. Il y avait un trou béant, là où étaient auparavant les bannettes d'Isabelle et de M. Grangier.

– On l'a échappé belle, remarqua Thomas. Si l'un d'entre nous avait été couché là…

– C'était affreux, dit Floriane. J'ai vu partir toute la proue d'un seul coup !

Lucille s'approcha du trou pour constater les dégâts.

– Dès qu'il y aura un peu de vent, l'eau va rentrer ! Ne nous faisons pas d'illusions, le Bermuda est foutu.

– Qu'est-ce qu'on va faire, capitaine ? demanda Romain. Si cette bête revient…

Lucille regarda Jules et Paul. Jules allait un peu

mieux mais il ne tenait pas debout. Quant à Paul, il était inanimé.

– Il a mangé plus de paella que nous tous, dit Thomas. Il doit être vachement malade.

– Tout le monde sur le pont, décida Lucille. Je ne vois pas d'autre solution. Si le Bermuda coule, il ne faut pas que quelqu'un reste dedans !

– Mais comment on va faire avec Paul ? dit Romain.

– On va le porter ! Les gilets de sauvetage et... ouais... l'engin flottant...

– Le quoi ?

– On va attacher Paul et Jules sur le matelas orange, expliqua Lucille. Thomas, tu resteras avec eux.

Ils aidèrent Jules et Thomas à monter les premiers. Romain récupéra des morceaux de corde qu'il noua solidement au cordage qui courait le long de l'engin en prenant soin de laisser du mou. Il fixa l'un des morceaux au gilet de Jules.

– Thomas, on ne t'attache pas, dit Lucille. Comme tu es en meilleur état, tu vas avoir besoin de bouger librement.

Porter Paul sur le pont fut beaucoup plus difficile. Floriane prit le tour de garde. Le brouillard s'était épaissi. Le soleil avait disparu et la mer était sombre. Soufflant et transpirant, Jérémie et Romain traînèrent Paul jusqu'au matelas.

– En cas de nécessité absolue, il faudra jeter l'engin à l'eau, dit Lucille.

– Avec eux dessus ? demanda Thomas. Comment veux-tu...

– En le poussant. Mettons le matelas le plus près de la proue, enfin de ce qu'il en reste... Maintenant qu'il y a un trou, il n'y a plus d'obstacle.

– Et la bête pourra l'avaler sans se fatiguer ! dit Romain.

– Si t'as une meilleure idée, t'es le bienvenu ! cria Lucille. Et même si elle ne revient pas, le voilier va couler dès qu'on ne sera plus encalminés ! On n'a pas le choix !

– Te fâche pas, répondit Romain. Je vais réarmer le pistolet.

Jérémie déplaça la grande voile déchirée pour faire de la place à l'avant.

– On va mourir ? demanda Thomas.

Jules étouffa un sanglot. Jérémie se tourna vers Lucille.

– On n'est pas encore morts, répondit-elle.

Elle rejoignit Floriane et Romain dans le cockpit. La visibilité n'était plus que d'une trentaine de mètres à la ronde.

– On va bientôt être dans le brouillard complet, dit Floriane. Peut-être que la bête ne pourra pas nous retrouver ?

– Je ne compterais pas là-dessus, répondit Lucille. Les animaux marins ont une espèce de sonar interne. Ils n'ont pas besoin d'y voir.

– Mais qu'est-ce que c'était, cette bête ? Une pieuvre géante ?

– Je ne sais pas... Une erreur de la nature, en tout cas.

Romain les écoutait, le regard fixé sur les eaux. Des frissons lui parcouraient le dos. Il sentait que la chose n'était pas loin. Il le sentait... Il poussa un hurlement.

Le voilier s'éleva dans les airs. La bête était en dessous et le soulevait comme un enfant avec un jouet dans son bain. D'une formidable poussée, elle le rejeta.

Le Bermuda retomba lourdement, couché sur tribord. L'eau s'engouffra bruyamment par la proue. Thomas appelait au secours.

La chose apparut tout près. Romain tremblait et n'arrivait pas à ajuster son tir. La fusée partit et toucha le corps de la bête.

– Recharge ! cria Lucille. Flo ! À l'avant ! Il faut mettre l'engin à la mer ! Le Bermuda est en train de couler !

Romain eut juste le temps d'attraper la dernière fusée. Un tentacule s'abattit sur le cockpit, écrasant la barre et le pont en bois. Romain s'échappa en glissant dessous. Au passage, il frôla une des ventouses qui se contracta. Le tentacule s'éleva à nouveau et retomba. Le voilier se dressa un instant sur sa poupe puis s'enfonça. Thomas, Floriane et même Jules poussèrent l'engin. Flo sauta dessus au moment où il basculait pour maintenir Paul. Jules, entraîné par la corde, suivit le mouvement.

Romain s'agenouilla, les deux mains serrées

sur le pistolet, comme un tireur d'élite. Il visa l'œil de la bête qui le regardait. La fusée éclata, projetant des bouts sanglants de la cornée. La chose hurla de rage et de douleur. Lucille prit un pan de la voile déchirée.

– Jérémie, Romain ! Vite ! Aidez-moi !

Romain comprit tout de suite ce qu'elle voulait faire. Ils déplièrent la voile précipitamment et d'un mouvement ample ils la lancèrent sur la tête de la bête.

– Bravo ! s'écria Lucille. À l'eau ! À l'eau ! Pendant qu'elle est aveuglée !

La chose se débattait pour se débarrasser de cet objet bizarre. Elle avait beaucoup de mal à s'en dépêtrer. Aussi finit-elle par l'attraper dans sa bouche.

Les enfants nageaient désespérément vers l'engin flottant. Romain avait saisi Thomas par le gilet. Il le savait trop faible pour nager.

– Il faut... il faut nous éloigner le plus vite possible ! haleta Lucille. Le brouillard ! Nous cacher dans le brouillard, c'est notre seule chance !

Ce en quoi elle avait tort.

*

La chose avait terminé d'avaler la voile. Elle tourna toute sa haine vers le bateau. Elle le frappa jusqu'à ce qu'il coule, ce qui ne prit pas longtemps. Mais ce n'était pas suffisant. Elle plongea pour le reprendre et l'écraser entre ses tentacules. Elle le mangea en partie. Mais ce n'était toujours pas suffisant. Elle se souvenait parfaitement que sur ces animaux flottants, il y avait d'autres animaux plus petits et qui avaient bien meilleur goût. Elle remua les débris. Il n'y avait rien. Elle refit surface.

Les impacts répétés des fusées avaient fait des dégâts. La chose était désorientée. Elle resta immobile quelques instants. Elle émit des sifflements suraigus dans plusieurs directions. Lorsque le son atteindrait un obstacle, l'écho lui serait renvoyé. Alors, elle saurait où chercher.

Le brouillard avait englouti l'engin orange. Paul et Jules étaient couchés dessus. Les autres ne pouvaient que s'accrocher au cordage. L'eau était glacée.

– On fait quoi, maintenant ? demanda Jérémie.

– Moins on bouge, mieux ça vaut, répondit Lucille. Restons silencieux. Peut-être qu'elle ne nous retrouvera pas…

– Si je comprends bien, dit Romain, on a le choix entre être dévorés et mourir de froid.

Floriane regardait tout autour d'elle. Elle était terrifiée à l'idée que la bête revienne. Thomas claquait des dents. Lucille essayait de penser. Leur situation était désespérée et elle ne voyait aucune solution. Le brouillard leur offrait une maigre protection mais il les dissimulait aussi aux yeux d'éventuels sauveteurs. On pouvait seulement espérer qu'il se lève sans trop tarder.

– Qu'est-ce que c'est que ça ? demanda Lucille à Jérémie.

Jérémie eut un petit rire triste.

– C'est complètement idiot, je sais, dit Jérémie. Mais je l'ai gardée !

Jérémie avait emporté avec lui la corne de brume.

– Non, ce n'est pas idiot, répondit Lucille.

– Chut ! fit Floriane. Écoutez !

Ils n'entendirent rien que le faible clapotis de la mer. Floriane était au bord de la panique. Elle pouvait tenir un bateau dans une tempête mais ça, elle ne pouvait pas le supporter. Elle se mit à trembler tellement fort qu'elle lâcha prise. Romain la rattrapa par le gilet.

– Calme-toi !

– Au secours ! cria Floriane. Elle est là ! Elle est là !

À dix mètres d'eux, la chose réapparut. Ils n'avaient plus rien pour se défendre. Lucille eut un haut-le-cœur. Thomas et Jérémie regardaient la bête fixement, comme hypnotisés. Jules se cacha le visage, terrorisé. Romain pensa qu'il allait mourir. Il grimaça de colère. Et puis, non ! Il n'allait pas rester comme ça en attendant d'être haché menu !

– Chacun pour soi ! dit-il. On s'écarte de l'engin et on nage dans des directions différentes ! Peut-être que l'un d'entre nous lui échappera !

– Et après ? demanda Jérémie. On est foutus de toute façon ! Je voudrais que ça soit fini...

La chose avança un tentacule vers eux, lentement, très lentement comme si elle prenait plaisir à faire durer leur agonie.

– La corne de brume ! s'écria Lucille. Appuie, appuie !

Jérémie n'était plus capable de réagir. Lucille lui arracha la corne des mains et pressa le bouton. Le son était si fort que ça lui faisait mal aux oreilles. Mais elle continua d'appuyer. Le tentacule s'immobilisa. La chose n'aimait pas le bruit. Elle était aussi intriguée par cette nouveauté. Elle ne savait pas ce que c'était et essayait de comprendre. Elle avait le souvenir du harpon et celui des fusées, elle avait appris à se méfier. Le bruit était déplaisant mais cela ne semblait pas plus dangereux que ça. Le tentacule claqua l'eau, les éclaboussant.

– Je ne veux pas mourir ! hurla Romain.

Floriane se mit à pleurer. Jérémie ferma les yeux. Lucille vit la bête ouvrir son horrible bec. C'était la fin, il n'y avait plus aucun espoir.

Alors, les grands ailerons noirs surgirent du brouillard.

Les amis des hommes

La chose ne comprenait pas ce qui lui arrivait. Jusqu'à présent, toutes les créatures de la mer, grandes ou petites, avaient fui devant elle. Celles-ci lui fonçaient droit dessus ! De son seul œil, elle vit les terribles mâchoires mordre dans ses tentacules. Malgré la douleur, la chose combattait avec vigueur. Ses tentacules étaient plus durs que de l'acier et ses adversaires ne parvenaient pas à les entailler. Mais ils étaient en nombre et l'assaillaient de toutes parts.

L'eau bouillonnait, bientôt rouge du sang des combattants. L'engin flottant était ballotté et risquait de se retourner.

– Les pirates des mers ! s'écria Lucille.

– Il faut nous éloigner ! dit Romain. On va prendre un mauvais coup !

Ils se mirent à nager de toutes leurs forces. Lucille ne pouvait s'empêcher de regarder derrière elle. Les orques livraient une bataille sans merci. Mais pourquoi le faisaient-elles ? Étaient-elles à ce point affamées ? Voulaient-elles rester les seuls maîtres de l'océan ? Ou alors... étaient-elles venues pour les sauver ?

Lucille frémit d'horreur quand elle vit que les orques avaient lâché prise. Elles s'écartèrent de la bête et se regroupèrent. Elles échangeaient des cris stridents. On aurait pu croire qu'elles se parlaient. Allaient-elles les abandonner ? Certaines d'entre elles étaient blessées, parfois gravement. Lucille pensa qu'elles allaient partir. Mais soudain, d'un seul mouvement, les six orques se retournèrent vers la bête. Elles sautèrent par-dessus les tentacules. La chose ne parvenait pas à les saisir. Les orques savaient qu'elles ne pouvaient pas lutter contre ses tentacules énormes. Elles visèrent le point faible : la bouche. L'une d'elles, la plus grosse, mordit dans la langue. Elle l'arracha et la mangea. La chose poussa un hurlement tel qu'on l'aurait entendu à des milles à la ronde, s'il y avait eu quelqu'un pour l'entendre… Les orques dévoraient tout le tour de la bouche. La chose essayait de les attraper mais elles étaient si rapides qu'elles glissaient entre les tentacules. Les orques déchiraient la chair par grands lambeaux. Dans un dernier effort, la chose éleva un tentacule qui retomba mollement.

Elle était morte.

Cinq orques firent des bonds, comme pour célébrer leur victoire. La sixième, un gros mâle, se tourna vers les enfants et nagea lentement vers eux.

– Elle va nous bouffer ! cria Jérémie.

– Mais non ! répondit Romain. C'est notre amie !

Il la regarda approcher, malgré tout un peu inquiet.

– C'est drôlement grand, quand même… murmura Floriane.

L'orque avait les mâchoires rouges de sang. Ce n'était pas le sien. Elle découvrit ses dents pointues et émit ces petits clics joyeux, comme tous les dauphins.

– On dirait qu'elle rigole ! s'exclama Thomas.

Lucille avança la main. L'orque donna un coup de queue et arriva jusqu'à elle. Lucille posa sa main sur la partie blanche sous le menton.

– Merci…

L'orque attrapa le bout de corde qui flottait et tira doucement. L'engin se mit en mouvement. Les enfants s'accrochèrent fermement. Les autres orques les rejoignirent, parfois les devançant, parfois les suivant. Elles dansaient tout autour d'eux en sifflant bruyamment. Le gros mâle traînait l'engin. Savait-il où il allait ? Il ne semblait pas hésiter sur la direction à prendre.

Le cadavre de la chose s'enfonçait dans les profondeurs de la mer. L'odeur du sang se propagea dans les eaux. Bientôt, les requins arrivèrent. Quelques-uns s'aventurèrent vers les enfants. Mais ils n'insistèrent pas, chassés par les orques.

Le brouillard se leva.

*

Nadia était dans le poste de commande en compagnie d'Isabelle. Celle-ci restait assise dans un coin, prostrée. Elle était convaincue que les enfants n'avaient pas survécu à la tempête. Les enfants… Son ami Paul…

Teddy avait confié ses puissantes jumelles à Nadia. Depuis que le brouillard s'était évaporé, elle cherchait sans relâche. Elle était si sûre qu'on allait retrouver ses amis. Personne n'avait le courage de lui dire qu'il y avait peu d'espoir.

– Tu ne veux pas te reposer ? demanda Teddy. Je surveillerai à ta place.

Nadia ne répondit pas.

– Nadia ? Tu m'entends ?

Nadia lui tendit les jumelles. Il y avait quelque chose au loin.

– Hum… dit Teddy. Des dauphins. Ça n'a rien d'exceptionnel.

Nadia reprit les jumelles.

– Ce ne sont pas des dauphins, corrigea-t-elle. Ce sont les pirates. Des orques. Des…

Nadia poussa un hurlement.

– C'est eux ! C'est eux !

Elle venait d'apercevoir le petit rectangle orange de l'engin flottant.

– Quoi, eux ? demanda Teddy

Nadia s'accrocha à lui et le secoua de toutes ses forces.

– C'est eux ! Ils sont avec les pirates !

Isabelle se redressa. Puis se leva.

– T'es folle, ma petite ! dit Teddy.

Isabelle s'approcha de la vitre. Elle prit les jumelles. Elle se tourna vers le capitaine.

– Elle a raison… souffla-t-elle.

Teddy les observa, l'une après l'autre. Les voilà qui perdaient la tête, les pauvres… Nadia éclata de rire et sauta de joie.

– Elle a raison ! hurla Isabelle.

Teddy et l'homme à la barre échangèrent un regard apitoyé.

– Elle a raison ! Capitaine !

Théodore Broussard tardait à réagir.

– Teddy ! cria Nadia. Faites quelque chose ! Puisqu'on vous dit que c'est eux ! Sacré nom de nom !

*

Les enfants avaient vu le Prince Edward sur la ligne d'horizon. Ils l'avaient vu changer de cap. Ils avaient entendu la sirène retentir par deux fois. La peur s'était envolée. Ils ne sentaient plus ni le froid ni la soif.

Les orques restèrent à leurs côtés jusqu'à ce que le Prince Edward soit assez proche. Le gros mâle lâcha la corde.

– Elles vont partir… dit Romain, attristé.

Déjà, les orques s'écartaient. Elles firent encore quelques cercles autour d'eux, comme si elles voulaient s'assurer qu'il n'y avait pas de danger.

– Merci ! s'écria Floriane. Merci !

Jérémie et Thomas firent des signes d'adieu. Les orques faisaient des bonds pour les saluer. Lucille avait des larmes dans les yeux. Elles s'éloignaient vite, tellement vite…

Soudain, l'une des orques fit demi-tour. Elle fila droit vers l'engin, sauta très haut hors de l'eau. Puis rejoignit ses compagnes.

Lucille devina que c'était le gros mâle.

– Au revoir… murmura-t-elle. Au revoir, mon ami.

Du même auteur à *l'école des loisirs*

Collection Neuf

Un ange avec des baskets
Vilaine fille
Un sale moment à passer
L'esprit de la forêt
Jusqu'au bout de la peur

Sorcier !
1. Menteurs, charlatans et soudards
2. Le Frélampier
3. Le premier temps du chaos
4. L'Honorable et le Monarque
5. L'Étoile
6. Les quatre Dragons
7. Secrets et confiture
8. La fin du monde